MÃE
em construção

LU MENEZES

MÃE

em construção

SIMONSEN

EDIÇÃO
Rodrigo Simonsen

EDIÇÃO E REVISÃO
Larissa Góes

CAPA E PROJETO GRÁFICO
Anderson Junqueira

IMAGENS DE CAPA
© iStock, © Shutterstock e © Dreamstime

RETRATO DA AUTORA
Estúdio Biografia

IMPRESSÃO E ACABAMENTO
Paym

DADOS INTERNACIONAIS DE CATALOGAÇÃO NA PUBLICAÇÃO (CIP)
ODILIO HILARIO MOREIRA JUNIOR CRB-8/9949

Menezes, Lu
Mãe em construção / Lu Menezes. – Santos : Simonsen, 2018.160 p. : il. ; 16cm x 23cm.

ISBN: 978-85-6904-130-7

1. Literatura. 2. Romance. 3. Humor.
I. Título.

2017-49
CDD 869.3 CDU 82-31

[2018]

EDITORA SIMONSEN
Av. Washington Luís, 366
CEP 11055-000
Santos/SP
www.editorasimonsen.com.br
www.facebook.com/editorasimonsen

A SUELI FERREIRA E CECÍLIA AZEVEDO,
AS MELHORES MÃES QUE CONHEÇO

1. UM INCIDENTE

Droga! Quedê o carro? Três longas e lentas voltas numa mesma quadra, debaixo dum aguaceiro tremendo. Respira. *Onde, deusducéu? Num acho...* Estava perdida, sentindo que me esvaía rua abaixo num mundaréu de água turva. Escorada num *jeep* vermelho com placa GRV 1665. Que pisca. Pisca. Piscava. *Nem cá, nem lá. Então, procura. Carro não cansa e volta sozinho. Procura!* Olhos baixos, sinal manifesto de exaustão, arriada sobre o capô do carro que não via. Estacionado meio torto, à porta dum centro de diagnose avançada. E eu, sozinha. Chorando muito. Tal qual bode embarcado.

Quer saber da verdade? O bode tem nome. Pior. Sou eu.

2. O BODE

Gabriela Rosa Venâncio Machado.

Bom. O Machado é do Zé. Antes, era só Rosa Venâncio. Paulistana legítima com a sorte de crescer um tantim amineirada (ói quicontece com quem passa as *férias atazanânu as tias em Belzonti. Tem base?*) Enfim. Eu. Gabi. Magrela, comprida e que não lembra onde *raios* largou as coisas. Nem que coisas essas que foram parar sabe lá Deus aonde. Trocar a aliança de dedo? Até parece. O dedo gangrena, cai e a cabeça não funciona. Memória fodida, colega. É que nem óculos de grau: o *gap* só aumenta. E mente quem diz que tem remédio. Já me indicaram terapia. *Num* fiz. Tenho cá minhas ressalvas. Em vez disso, eu bebo, gasto mais do que ganho, como doce escondido e comparo minha bunda com a das outras em eventos sociais. Até aí, quem nunca? Em minha defesa, vale dizer que sou sagitariana com a lua em peixes. Dessas acostumadas aos livros e à solteirice. Na verdade, depois de anos atolada entre dissertações e teses de mestrado, queria mais era aproveitar a vida. Aos montes e sem remorsos. Acontece que algo deu errado, mudando para sempre os contornos dessa história.

Seja como for, você vai me ver em ação em alguns segundos. Sendo assim, melhor contar tudo desde o comecinho. Em sessão fechada. Bem aqui à sua frente.

2. DIVÃ

Pelo que me consta, era a típica sujeitinha sem motivo algum pra escarnecer da vida: *ex-traça-confessa* de biblioteca, convertida em *rata-caxias* de escritório. Sócia dum estúdio bacanudo de arquitetura em pleno centro da cidade e morando sozinha numa casa velhusca, que aos poucos ia tratando de pôr em pé. De resto, além duma avenca herdada de mãe, tinha ainda dois cachorros: Chuleta e Beiçola. Vira-latas da pior espécie, mas empafiados como ninguém. Tinha também um namorado. O cara mais bonzinho do planeta. Fofo, honesto. Bonito, não. Mas isso nem incomodava. O problema todo é que o moço foi perdendo o sossego. E, de repente, tinha um único assunto. Às vezes, até esfriava por um dia ou dois. Daí voltava à plena carga, num entusiasmo medonho, *Por mim, mudava pra cá amanhã, mesmo. E encomendava de cara uns dez filhos. Dez, não. Vinte! E você? O que me diz, hein?*

Meu coração saltava a metros de distância e eu me benzia dos pés à cabeça, *Curuz!...*

O inconveniente é que estava caidinha por ele. Completamente apaixonada. Ainda assim, era evasiva. Disposta a seguir por conta própria, cozinhando o gajo em fogo brando, junto com toda e qualquer ideia que envolvesse revisão de espaço nas minhas gavetas, compartilhamento de toalhas ou o afamado e universalmente temido *eu-lavo, você-enxuga.*

O que importa é que passado certo tempo, com o cerco se fechando sobre mim, fui ficando sem desculpas. E sem escolha. Não dizia que sim, nem que não. Pelo contrário, desconversava. Com o outro cada vez mais esquecido. Primeiro, as cuecas. Duas. Depois um pijama de malha. Camisas. Quando vi, contrariando todos os prognósticos, *tava eu lá*, casadinha de fresco. Ou ajuntada. Dê a isso o nome que achar melhor.

O jeito foi cruzar os dedos e mergulhar de fuça. Afinal, namor*ada* ou namor*ida*, tanto faz. Ao menos, era o que eu pensava. Ou o que queria acreditar. Mas a vida respondeu à altura. *Eita, ferro.*

Poizentão. Preparado? Melhor sentar, viu? *Lembre-se de manter mãos, braços e pernas dentro do carrinho durante toda a viagem. Lá vamos nós...*

3. O COMEÇO

Foi tudo muito rápido. Uma queda. Por *ippon*. Sem choro. Nem vela.

A princípio, não liguei. Nem dei muita atenção. Já que de perto ou de longe, eu ia bem. Trabalhando insanamente. Um projeto atrás do outro. E malhando quando dava, o que não me propiciava uma das carrocerias mais aerodinâmicas do momento. Mas, caso ainda não tenha se dado conta, eu até que surtia um certo efeito sobre o meu eleitorado. Não era nenhuma joia neoclássica, se bem que ainda era dum tipo de primeira. Tinha um certa graça no corpo e malícia no andar. Ginga, não. É querer demais de alguém nascido em Moema... Até o bendito dia em que comecei a me estranhar.

Estranhava tudo. O tempo todo. Das roupas à estampa no espelho, que esborrachou de frente e esparramou pros lados, como se eu não coubesse mais nas minhas próprias medidas. O quadril foi alargando feito barranco em temporada de enchente. A cintura, que era pouca, virou lembrança. Ótimo! Sem bunda e roliça. *Um pitéu. De meter as outras no chinelo...*

Mas, calma, o melhor vem agora. No que dei pra chamar de "A Famosa Fase Dos Cheiros". Era inspirar e nausear. Perfume, então, era morte anunciada. Amadeirados, florais, marcantes, nem mesmo os *aguadinhos* passavam ilesos. Pra endemia, não faltou nada. Tanto que eu mareava. Com fé e com força. Primeiro, da casa; depois, trabalho e clientes. Não demorou muito e enjoei, também, do Zé. Pode isso? Sem falar da fome toda. Transmutando, pouco a pouco, em draga desgovernada. Emperrada no modo *acumular-gordura*, que aliás, funcionava que era uma beleza.

Difícil descrever o quanto eu salivava por um naco grosso de carne seca. Quente, fria, guarnecida com farinha ou doce de leite. Isso quando não amassava uma pimenta dedo de moça e recobria com marrom-glacê. Tudo num prato fundo e três ovos estalados no topo, *Gema molinha, por gentileza,* daí era só chuchar o que tivesse em mãos (e geralmente tinha muita coisa boa: costelinha de porco, linguiça Josefina, biscoito recheado, *crispies* de sardinha empanada e toletes de rapadura). O melhor era a cara horrorizada do povo em volta, *tinha que ver...*

Eu? Nem *tchum*. Num tal de pôr pra dentro e pôr pra fora, que só Deus pra acudir e amparar. Assim, passei. Mal. Por dias. Meses. Entre um *blaaaaarrrrggghhhhh* e outro. E, claro, morrendo de fome nos intervalos. Com a barriga roncando alto. Até relaxante muscular, tomei. Lembro que era entrar no escritório e pronto. Danou-se. Discussão de projeto, então, *batata!* Como se desse pra pensar em cronograma de revisão orçamentária com um *Godzilla* revirando-me as entranhas e embolando tudo por dentro.

Bastava o cliente chegar um cisco mais perto, pra fanfarra retumbar com gosto. Quanto mais essencial o aparte, pior. Som *surround*. Cinquenta mil *watts* de potência. E olhe que tentei de tudo: fingi que tossia. Fibrilava. Mas o *groarrrrrrrrr* seguia matador. Acabando com qualquer chance mínima de consenso.

Sobrava à minha humilhada pessoa a função de sumarizar. *Faz assim, ó: integra tudo que é pra gente ganhar tempo. Conjugado? Bobagem! Esquece isso. Derruba quarto-sala e converte em despensa. Muito melhor. Aceita um café? Não? E um cheese bacon com vitela estufada, vai aí?*

Feia, a coisa. E se a discussão se estendia, eu é que não me apertava. Uma disfarçada aqui, um *migué* ali, e lá ia eu, esbaforida pela porta afora. Pronta pra me aboletar à bancada do primeiro pé sujo virando a esquina. À espera da Nete. A mocinha do avental carcomido. Aproveito e adianto que a *bicha* além de feia, era antipática, mas o *beirute* dela, *hummmmm*, de longe o melhor polenguinho com chouriço do centrão-velho da cidade.

Se quer saber, pras cucuias com conformidades e especificações. Lambia o meu prato e o de quem sentasse perto. Caprichando numa quentinha antes da volta ao batente.

— Nete? Ô, Nete... – era eu, inventando moda. — Tem puxa-puxa de abóbora com coco?

— Tem.

— E bolinho de macaxeira com bacon e provolone?

— *Tamém.*

— Ótimo! Quero dois. De cada. Não, três. Melhor. Quer dizer, frita logo doze, pra garantir a tarde inteira — e seguia incrementando, antes que a outra fechasse a cara e o pedido. — Peraí! Mudei de ideia: quero vinte. Cinco *pragora*, o resto embala. Mas vê se escolhe uns parrudinhos. Você anda muito *econômica* ultimamente...

A sujeitinha nem reagiu, lixando as unhas por detrás do balcão gordurento. Depois, sem pressa, respondeu.

— *O entregadô saiu daqui inda agorim* — guimba de cigarro pendendo da boca. Sempre — *levano o pididu da dotora.*

— Ah! Pois é. Recebi – informei meio sem jeito. — É que esses foram... *repatriados*. Entendeu?

Não. Nem eu entenderia. Mas com aquele tanto de gente comendo em volta, não dava pra ser muito mais específica.

Ela insistiu.

— *Diabo é isso?*

Baixei os olhos, ruborizada. E fiz o melhor que pude, o mais baixinho que dava.

— Perdi. Tudinho. Sobrou nem água...

— *Viu? Nisso qui dá cumê gurdura requentada* — decretou a copeira estalando as chinelas, toda orgulhosa em desvendar *O Misterioso Caso do Hugo*. Foi quando *Nete Holmes* gritou por cima dos ombros, pra alguém lá nos fundos da cozinha — *Frita vinti! Quinzi pra viage. Bora lá...*

E se eu não pensava em comer, pensava em dormir. Maior que a esganação, só a soneira. Batendo recordes olímpicos. Um atrás do outro. Dormiria até em pé, se deixassem. Língua pra dentro, mas podia ser pra fora. Tranquilamente. Um saco murcho suspenso pelas alças. Cheguei ao ápice de cochilar enquanto conversava com o Zé. Cochilar, nada. Babei. De pingar na mesa. Ele ficou *puto das calças*, é óbvio. Não mais que aquela vez que dormi *sobre* ele. Exatamente. No meio duma movimentação intensa, enquanto ele pelejava pra desengatar meu sutiã. Virou fera. *Tem cabimento? Como se eu fizesse de propósito. Oras bolas...*

— Depressão — diagnosticou a Eli. Amiga *bedelheira* dos tempos de infância. Atual sócia. Verdadeira figura. — *Xá comigo.*

Sei que fomos dar no mercadão municipal (dar: no sentido único de ir, chegar). Do jeito que dormia e vomitava à toa, esta pobre que vos fala não dava (dar: no sentido bíblico e mais explícito possível da palavra) nem em casa, quem dirá na rua. Enfim, parênteses totalmente desnecessários. *Eu sei.* Era só pra garantir que... *Ok. Você já entendeu.*

Primeira parada, Banca da Tia Coló, erveira de mão cheia. Com cura pra quase tudo. E a biruta da Eli foi logo fazendo a xepa. Enchendo os braços com folhas e garrafadas, as mais estranhas possíveis. Torci o beiço, ressabiada.

— Sei lá, Eli. Não tô vendo o selo do INMETRO em nenhum desses breguetes fedorentos...

— Largue mão, boba! Até a fada madrinha faz shopping aqui de vez em quando.

— Só se for a sua.

— Relaxe. Achei o que procurava — ajeitou os óculos e leu: — Mistura Preta do Raizeiro: boa pra depressão. Estresse. Crise do pânico. Erisipela supurada. Infestação de carrapato. Lêndea. Espinhela caída. Verruga plantar. Miopia. Cancro duro. Cancro mole. Feiura congênita e gengivite.

— Você me acha feia?

— Quem? Você?

— *Não. A bigoduda lá do caixa...*

— *Magina!* Você é linda, meu bebê – completou. — Mas se for para o bem geral da nação, tome. Duas vezes ao dia. Por três semanas. Será que seis saquinhos chegam?

E a corda da louca estava longe de acabar, tanto que sentenciou, com pose de autoridade papal:

— É só diluir. Com suco. Ou água. Se bem que conhaque também serve. Pelo sim, pelo não, *mete bronca* num capote grosso, pra dar aquele suador forte. É tiro e queda. Vai por mim.

Típica doida *espanada*. Que a *varrida* fugiu de medo. Duas páginas atrás. *Crendeuspai.*

A galega tanto fez, que acabei pegando o *treco*. E cheirei.

— *Argh! Que porcaria é essa?* — pergunta retórica, é claro. Ainda assim, ela fez questão absoluta de responder.

— Deixe-me ver: folha de tuia, confrei, extrato fermentado de angostura, talo de erva amarga, chicória, farinha de vísceras de frango, pó de bauxita negra, ureia...

Bastou. Era o que faltava pro meu ventre reagir. *Simbora nóis* de novo. Em pleno corredor abarrotado: *blaaaaarrrrggggghhhhh...*

4. A CONSULTA

— Amanhã você vai ao médico – disse o Zé, num tom acima do normal.

E eu fui. Primeiro a um clínico geral, que me encaminhou a um ginecologista. Suspeita de miomas múltiplos. Imensos. Completamente tresloucados. De quebra, me faziam descabelar junto com eles. Caso cirúrgico, certeza.

Mas por onde começar? Da montoeira de exames, escolhi o ultrassom. Pelo menos não doía. E a sala era fresquinha. Então, tá.

Chegando à clínica, fui prontamente despida e besuntada por uma senhorinha das mais falantes. Dessas que vão misturando tudo: cadastro, previsão do tempo, piada sem graça e arremedo de diagnose, enquanto ia identificando, uma a uma, as ondulações que cresciam e sumiam na tela do computador.

— Isso sim é que é um cisto! Papagaios... – meneou. — Que beleza, hein, minha filha? Com certeza vão pedir pra acompanhar. Mas, fique tranquila, porque disso ninguém morre e *blá-blá-blá-de-oliveira-quatro* — mais um pouco e eu cochilava. — *Vigi*. Achei outro. Mas esse é *fiotinho do primeiro* – sorriu, descrevendo fascinada o que via em seu monitor. — É maior que um feijão. Mas menor que um tremoço. Por falar nisso... se tem um troço bom nessa vida é tremoço, *né, não*? Na minha terra o povo come de joelhos. Contei pra ti da salada que fazia uma prima-irmã-vizinha-da-minha-mãe? – e dá-lhe falatório na veia.

Há muito, meus olhos deixaram de obedecer. Abriam e fechavam que nem sinaleira embandeirada. *Ela?* Nem aí. Matraqueava sozinha, satisfeita e sossegada.

— Conta uma coisa, filhinha, *cê* fuma? Cigarro faz um mal danado à saúde, sabia?

— *Socorro! Alguém desligue essa mulher, pelo amor!* —

Até a hora em que emendou:

— E esse? Já te mostrei? Nem sei mais... Esse aqui, ó... É o seu bebê. Quer ouvir o coraçãozinho dele? *Tum-tum. Tum-tum. Tum-tum!*

[...]

MEU, O QUÊ? Um segundo de silêncio numa avalanche de tumulto. As batidas explodindo dentro de mim. Reverberando. Do peito ao pé e de volta ao estômago. Enquanto a minha cabeça ia longe. Em *looping*. Queimando toda e qualquer largada. E outra e outra vez, repetidamente.

Foi quando me perdi em meio a toda aquela batucada. Era coração demais batendo junto num só corpo. Pior. Um, eu tinha engolido. Quer dizer, não exatamente. A verdade é que uma imensa fenda se abriu. Tão singular, quanto inesperada. E, de repente, ruía. Ali. Sozinha. Descomposta sobre a maca. Às portas de um infarto claro e fulminante.

As palavras SEU BEBÊ iam e vinham, caóticas. Pegajosas. Não encontrando respaldo algum dentro de mim. Não era pra ser assim. *Se bem que eu e o Zé...ou melhor, o Zé e eu...* enfim, você sabe. Mas, era treino, Deus do céu (e juro que devidamente trajados dos devidos EPIS). *Caracas, o bicho pegou!*

Era assim que me sentia: trincada. Surpresa. Em suspensão. Tipo um daqueles personagens de *Matrix*, que nem bem voam, tampouco andam, mas sabem que o entorno todo está prestes a despencar. Em menos de um segundo. *Surtei.*

Tá certo que nunca fui xiita. Posso ter esquecido dum comprimido aqui, furado uma tabelinha acolá. Mas não passava pela minha cabeça que uma gravidez pudesse acontecer comigo. Não, assim. Agora. Talvez nuns dois, três, dez anos. *Mas, já?* Fala sério.

Mal e mal eu respirava. Há muito não me sentia tão aturdida. Como se, de repente, eu não mais existisse. Afinal, desde que me tenho por gente, a receita vencedora era uma só. E incluía duas xícaras (chá) bem cheias de arrumar-a-casa, três colheres (sopa) de viagens-pela-Europa e pitadas generosas de forrar-o-pé-de-meia. Daí era mexer, bater e pôr pra assar. Mais tarde, tipo, bem mais tarde *mesmo*, aí sim, poderíamos conversar sobre cegonhas, saldão de fraldas descartáveis e maçãs raspadinhas. Enquanto isso, meu primeiro impulso foi espernear e gritar: EU QUERO A MINHA MÃE! *Ah, é? Vais ficar querendo.*

5. DANOU-SE

E essa agora? Juro que tive vontade de pedir a tal senhora-doutora-de-branco que reconsiderasse. Além do mais, como é que ela tinha tanta certeza do prognóstico? Que ousadia! *Tem algo errado com esse seu aparelhinho, viu, dona?* Só pode. Ou melhor, não pode. Não deve. Não estava no *script*. *BUÁAAAAA.*

Não que a ideia fosse de toda ruim. É que eu tinha planos. Outros. Muitos. Pode parecer ilógico, mas até aquele estranho momento, fimose e funchicórea não faziam parte do meu dilatado vocabulário humanista. E não era a única, visto o tanto de jurisprudência dando sopa mundo afora. Culpem a modernidade. Os avanços do mulherio no mercado. O lapso temporal. O diabo a quatro. Mas quando Deus me questionou, *E aí, o que vai ser?* Eu respondi: *vou redesenhar o mundo, singrar mares, subjugar reinos!* Não fazer bolos de fubá em formato de ursinhos. Nada contra ursinhos. Nem bolos. Inclusive, adoro. Só peço que venham prontos. Congelados. Se fatiados, melhor ainda.

Fechei os olhos. Pensando no tantão de vida revirada. Em mim. No Zé. Na casa. Já que havia menos de três meses que ele se mudara definitivamente pra lá. Nada de convites oficiais, mas foi ficando. Com um faro insuportável pra entulhar meus cantinhos favoritos. Um a um. Preciso nem dizer que encontrei gel pós barba na gaveta em que costumava guardar meus cremes. Coturnos sebentos onde antes acomodava metodicamente minha coleção de sapatilhas novinhas em folha. Sem falar nas roupas fedidas e emboladas. Pra você, vou confessar: até hoje aquela visão me irrita profundamente. Eu, ali, aprendendo a dobrar ceroula. Para que fique bem claro, dar de presente é uma coisa. Lavar, passar e guardar com a saqueira virada pra dentro é outra completamente diferente. Cheguei a pensar em jogar tudo fora e dar de louca. Mas desisti. Crente que iria melhorar. Se não hoje, daqui a uma semana. Um mês. Um ano. *Ora, não* me julgue. O amor embu*rrece, esqueceu?* Enfim. Traduzindo em miúdos: não deu nem tempo de brincar de dois. Quando vi, éramos três. *Disgramô foi tudo...*

Engraçado é que eu sempre pensei numa casa com espaço. *Pros cachorros.* Que, aliás, há dias me olhavam esquisito. Farejando no ar. Principalmente o Beiçola. Como quem diz, *Nada que queira me contar, hein? A hora é agora...*, só me faltava essa. Dar satisfação a um mané-mijão-gagá que irrigava a casa inteira. Pra cima, pros lados, sentado, correndo, até dormindo. Parte porque era velhinho e não enxergava direito. O resto era sem-vergonhice pura. Já o Chuleta, bebezão de tudo, não ensopava minhas mesas, nem cadeiras. Mas, roía. Mascou inclusive a sandalhinha prata que usava naquele dia histórico. O dia do ultrassom do maior e mais espetacular cisto de todos.

Por falar nisso, de volta à Terra e ao consultório, a radiologista ainda falava. E falava e falava. E quanto mais ela falava, menos eu ouvia. Da sua boca saíam reco-recos e cuícas. Mamadeiras. Crianças chorando em cólicas e chocalhos. *Perdão, mas aquilo que passou correndo ali adiante era um coelho branco ou foi impressão minha? Vi, sim. Juro. Procuraí. Tenquistar nalgum lugar. Malditos coelhos brancos...*

Sai à rua pra respirar. Escorada em duendes verdes e fadas gorduchas. Bem quando tocou meu celular.

— Tudo bem contigo? E a consulta? Como foi?

Três perguntas consecutivas, o que acha que eu sou? Um núcleo de processamento avançado? Ainda assim, respondi:

— *Em nove meses te conto...*

Era o Zé. Que não entendeu *lhufas*. Mas dele, eu cuidava depois. O negócio era voltar pra casa. Por isso, desliguei.

E *voilá*. Bem-vindo de volta ao meu início. Dando voltas e voltas numa mesma quadra. Debaixo dum aguaceiro tremendo. Travando e destravando um *jeep* vermelho, placa GRV 1665, que eu não reconhecia. Meu, inclusive. Estacionado torto, exatamente onde o tinha deixado. Perdido. Não tanto quanto eu estava. Cabelo lambido na testa. Olhos vagando. Longe. Incapaz de apontar minha foto entre outras duas, mesmo que numa delas estivesse o papa e noutra a Carmen Miranda, dançando um chica-chica-boom-chic.

Estou feliz, mentalizei, fazendo de conta que me recompunha num gesto teatral de autoaceitação. Mentira. Já que nada sabia de crianças. Quer dizer, um dia olhei a filha duma cliente enquanto ela fazia compras. Mas era negócio. É diferente. Nem assim fiz direito. A menina caiu, rachou a fuça e a mulher abandonou a obra pelas metades. *Tá vendo só, Deus? Com tanta fulaninha pra escolher. Ajudaí, vai...*

E fui-me embora. Chorando-rindo pelo caminho. Em verdade, em verdade vos digo: *rapadura é doce, mas não é mole, não, viu?*

6. A NOTÍCIA

Óbvio que ele assustou.

De início, ficou mudo. Olhos fundos de quem nem imaginava. Grudados em mim, sem desviar um fio que fosse. Acho que estava pensando nas contas e numa variedade infinita de assuntos sérios sobre pai-mãe-filhos. Tipo intercâmbio. Aulas de inglês. Jazz. Karatê. Futebol. Um porrilhão dessas *bagaças caras* que as crianças modernas precisam e que nem sabíamos direito ainda o que eram. Mas algo me dizia que um *supletivo de barriga* vinha aí. Pior. A candonga estava apenas começando.

Bem quando o sujeito descalçou, olhando os dedos. Um que subia, outro que descia. Sincronicamente e sem pressa alguma. De novo. E de novo.

Comecei a formigar. Um simples "*E aí? Me conta...*" serviria para apaziguar os ânimos e abrir os serviços. Mas não veio. E eu afundei, desfazendo aos bocadinhos.

Ele deve ter percebido. O que embolou ainda mais o meio-campo, num sem jeito palpável, mútuo e peludo. Praticamente um ente da família afundado na minha *chaise* dupla de *tweed* antigo. Afinal, o que dizer quando a família cresce assim, num susto? Parece que a gente tinha virado isso. Uma família. Ainda sem trilha sonora, nem data certa pra estrear. Mas devidamente registrada e debitada na conta. E que tipo de ajuntamento familiar seríamos nós? Com certeza, mais pra *Simpsons* que para *Watsons*. Ainda assim, não resisti e recitei baixinho, *Boa noite, John Boy, Boa noite, Mary Ellen,* e sorri. Ou quase. O possível depois de um longo-longo dia.

Assim que sosseguei, começou ele. Quando vi, virou, num só gole, um copo cheio de uísque. Duplo. Depois, tossiu, até quase rebentar. Daí pra frente, com os nervos devidamente colocados no lugar, converteu-se noutro homem, capaz de manter-se acordado uma vida inteira. Falando e cuspindo e tornando a falar. Ótimo! Como se não bastasse um *eu* fora de controle, agora, também, um *ele* desgovernado. *Era só o que faltava...*

Sabe dum fulano em curto? Era o próprio. Parecia até que incorporava. *Mezzo* paúra, *mezzo* felicità. Tomado duma alegria boba. Fácil. Euforia que, quando vi, pegou em mim. E antes que me desse conta, assistimos juntos ao dia clarear. Ele pendurado ao telefone, comemorando mais uma final de copa, *Meu filho tá* chegando, *cara! Dá pra acreditar? Caracas...*

Em algum momento, descolei daquilo tudo e fui ter no espelho. Uma Gabi cansada veio atender. Tentei enxergar a mãe escondida por trás da figura destonada. *Necas.* Da tal dona, nem o cheiro. Curioso é que estavam todas lá. A estressada. A competente. A destemperada. A resolvida. A hipocondríaca. A come muito. A passa fome. A que não deu no primeiro encontro, mas tirou a barriga da miséria nos seis seguintes. Sem falar na que não dorme. Que trabalha dia e noite. Que não frita um ovo. Só pensa nela, no mundinho dela, vinte e quatro horas, sem nunca sair do ar ela-ela-ela. Enfim. Eu. A pernóstica magricela bunda murcha de todo santo dia. Mãe que é bom, nada. *Quedê? Você viu? Alguém? Qualquer um. Pelamordideus...*

Resolvi olhar de novo. Mais de pertinho. Outra vez. Nem sombra. Uma dublê de mãe já servia. Uma sósia de dona de casa ou qualquer coisa parecida, que adoçasse os beiços e elevasse um pouco mais minha alquebrada autoestima. Tomei foi um susto ao perceber que não tinha a menor ideia de como *ser* o que *esperavam que eu fosse.* Agora e dali pra frente, e pelos séculos dos séculos, amém.

Foi a conta pra pirar *tudim* de novo. *E se eu não atender aos requisitos? Ou não ouvir quando o bebê chorar?* Cá entre nós, eles ch*oram muito, não choram? Engasgam? Engripam? Mas não quebram, quebram? Sensação esquisita de quem perdeu a vez na fila pra deixar outro passar à frente e gritar, Manhêêêêêê, toaaaaaaaaalha!!!*

Assim fiquei. Feito dois de paus. Com a palavra mãe quarando ao sol nalguma quina perdida e muito pouco visitada *nuns confins-confusos* de mim. E as dúvidas pipocando. *Se não quiser meu peito? E se for intolerante à lactose ou preferir batido com aveia, chia, banana prata e mel? Será que vai estranhar meu cheiro? Ou trocar o dia pela noite? Vai ser disléxico? Gandaieiro? Petulante? Encher a casa de vadiazinha-rampeira ou arrumar uma nora bipolar que me odeie? Ai dela se triscar nos meus cachorros!*

Arrê, Gabi! Não fode, mulher..., além do mais, se é verdade o que dizem por aí, tudo que um bebê precisa é leite. Muito leite. Coisa fácil de se conseguir hoje em dia. Especialmente agora, que virei vaca. Gostaria inclusive de saber como Darwin classificaria esse imbróglio. *Involução?* De arquiteta badalada à leiteira Girolanda. Lembrei das minhas próteses carérrimas em formato de pera farta portuguesa. *Tadinhas*. Viraram tetas. Foi bem isso o que me aconteceu.

Então, voltei à vida. À sala. E ao Zé em catarse apoteótica. Gingando faceiro feito pinto no lixo. O que *eu* fiz? Não tive nem dúvida. Entreguei de vez os pontos e a pança. Mergulhei fundo em meio àquela bagunça toda, até que me dei conta, dum jeito absolutamente novo, de que era feliz. Ainda que revirada. E tomada duma vontade danada de gritar, beber e dançar até amortecer as pernas. Pena que ele não deixou, cheio de cuidados pra não estorvar o menino. *Estraga-prazeres...*

Foi quando Chuleta e Beiçola se uniram à festança. E sobrou rabo e toma-lhe, toma-lhe pra tudo que era lado. É, moçada, a trupe cresceu. Bom, né?

Issaí. Bom demais...

7. TOCA O ROLO

A vida até o parto foi boa.

Cessaram-se os enjoos e a barriga cresceu. Vieram os chutinhos. Que descambaram em estrepitosos shows de chula, ou obras-primas de sapateado, dependendo do dia e ao gosto do freguês.

E eu trabalhei, viu? Como nunca. Talvez mais. Não teve um canteiro de obras em São Paulo que meu barrigão não tivesse visitado. Se não subi em elevador de andaime, foi porque entalava de proa. De resto só dava a meia-lua-inteira balangando e eu chegando logo atrás.

As amigas foram um capítulo à parte. Sempre por perto. Prontas pra acariciar e beijar minha versão feminina de Buda feliz. Aliás, pelo que me lembro, nunca estive mais radiante. Nem mais bonita, por mais fora de contexto que possa parecer. E não se esqueçam do Zé. O homem era a presteza em pessoa. Principalmente quando o humor azedava. O meu, é claro. Já que meus cabelos caíram. Minhas unhas quebraram. E meu quadril, bem, meu quadril adquiriu a forma e a graça duma pista clandestina de pouso. Tudo isso em meio ao maior bacanal hormonal jamais visto na história desse país. E ainda assim, linda! Não acredita? Venha comigo.

Vários meses se passaram e lá estava eu, hospedada no *Glória*, de visita às edificações duma cobertura no Rio de Janeiro. E era sagrado, o dia só começava depois dum portentoso café da manhã. Estava sozinha, mas pelo tanto de pratinhos cheios a minha frente, parecia acompanhada bem duns vinte. Eis que chega um sujeitinho abençoado, disposto a aboletar-se à mesa. Justo aquela onde eu comia e comia e comia. Benza Deus, como eu comia...

Depois fui saber que o *dito* vinha tentando contato visual havia algum tempo. Mas como eu só tinha olhos pros bacons, ovos, pães, queijos e doces, o jeito foi pedir licença e ir se apresentando.

— Importa se eu sentar? — e sentou. — Ernesto Rocha, consultor. E seu criado...

Que pena: chegou tarde, tenho uma faxineira de quinze em quinze que lava-passa-cozinha. Tô carecida de criado nenhum, não, senhor..., concluí, enquanto me servia da terceira fatia de bolo. *Ou seria a quarta?...*

No restaurante, o movimento e o barulho de vozes parecia aumentar. O *distinto*, muito à vontade, ia me fitando enquanto discursava, feito um penitente, caçando assunto no qual se enfronhar.

— Estou aqui pruma abertura de licitação. E você? Arquiteta, é? Não brinca, menina! Minha vizinha manja muito de *Feng Shui*. Outro dia, baixou lá em casa, doida pra transar comigo. E eu dispensei. Sei lá que tanto essa mulherada vê em mim – enquanto eu já teria mandado o fulano se catar, não fosse a boca cheia. Aliás, o pedaço estava delicioso e desapareceu em segundos. A satisfação era tanta que me impossibilitava responder ou raciocinar. Mas o outro recomeçou, arreganhando os dentes amarelados.

— Queria não ser tão bacana, sabia? Sério, mesmo. Mas... e aí? Não fala nada?

Que mala!, será possível que não viu o barrigão? Em compensação, os peitões já tinha esquadrinhado umas mil vezes. Frente-trás, trás-frente. Taí um troço que me talha o sangue: homem-*zoiudo-sem noção*. Vontade de virar e perguntar, *Tá servido?* Mas recuei. Vai que o cabra devolve, *Estava sem graça de pedir, mas agora que ofereceu...*

Sei que o tempo passou, e o infeliz não arredava. E eu, já cansada da *mascação* toda, sugeri, *Bom, já que o senhor não vai embora, se importa em dividir seu salaminho comigo? E a omelete, vai comer? O curau de milho* põe aqui ó. Isso. Aceito, sim. *Só mais um tantinho...*

— Que fome, hein, menina? – lançou ele à queima roupa. — Que tal se eu reservar uma mesa pra mais tarde? Só nós dois. Pode ser no meu apartamento. Ou no seu. Tanto faz – lembrando de acrescentar: — Estou no décimo primeiro. E você?

— No sétimo. Indo pro oitavo. Já-já nasce, se Deus quiser – e levantei, rumo ao banheiro. Tal qual iceberg que emerge. Progressivamente. Desfilando minhas trinta semanas com perversa satisfação.

Do meu coleguinha de *buffet* sobrou nem rastro. Melhor assim. Tracei sua tapioca de frango e fui-me embora labutar. Toda-toda. Juntos eu e elas. Cachalote à direita; Jubarte, à esquerda: minhas mamas medalhadas. Devidamente catalogadas e parabenizadas pelo sucesso repentino. Daí que o cara era um estrepe? Ibope é Ibope, filha. *Fazer o quê, se o puto tinha bom gosto...*

8. CACHALOTE E JUBARTE

Mas nem tudo foram flores. Digamos que, em se tratando de peitos, nasci abaixo da linha da pobreza. Praticamente uma tábua, livre de ranhuras e sem qualquer ondulação. Até que, aos dezessete anos comecei a trabalhar, focada, juntando cada troquinho. E lá pelos vinte e tantos *ajeitei* a situação.

Calibrei. Tipo *copo e meio transbordante* pra cada lado. Que tipo de copo? *Sei lá.* O americano cabe quanto? E a xícara de chá? Pois pense num caneco alemão bem servido. *Pensou?* Por aí.

Daí em diante, era tocar a vida normalmente. Afinal, expandiu, cabô. Virou direito adquirido e ninguém tem nada a ver com isso, certo? *Errado.* Você nem imagina o tamanho da boca de caçapa do pessoal lá de casa. Ô, raça! E o que era pra ser íntimo e privado, em questão de segundos, virou manchete de jornal. E assim, houve uma época em que bastava sonhar com um namoradinho novo e lá vinham eles, *Os Jecas*, matraqueando pelos cotovelos, *A Gabizinha? Uma graça ela. De ouro. Mas o peito é postiço. Issaí. Mania dessa meninada de mexê no que tá quieto, onde já se viu uma coisa dessas...*

Tirando de lado os apartes familiares, turbinar *inté* foi bom. Até o Pedro chegar e acabar de vez com a minha festa. *Falei que era um menino? Pois é, previsto pra nascer em poucos meses.*

E eu cada vez mais inquieta. Estourando de redonda. Com tudo em mim crescendo e inflando *ad eternum* esquina com *ad infinitum*. Ou melhor, tudo-tudo, não. Só a pança e *elas*, Cachalote e Jubarte, perdendo por completo o senso estético de ridículo e de calibragem. Só não tombei pra frente por que *Newton* não quis. E minha coluna não deixou. *Santa lordose...*

Vou desenhar pra você: se o cavaleiro do apocalipse, por algum descuido, tivesse tetas, elas seriam *quase* do tamanho das minhas. Quase, ouviu? Só quase.

A propósito, contei pra você do dia que dei por mim peladona cruzando a cozinha? Pois essa vale um café morno. Por minha conta. *Vambora...*

9. COMO É QUE SAI?

Gravidez é assim: primeiro perdi as calças. Depois, os tops. Blusas. Virou, mexeu e até as batas mais fresquinhas já custavam a passar. Pra porta-bandeira, de menos. Pra comissão de frente, de mais. O que culminava quase sempre em comentários memoráveis, como o sensacional, *Tudo isso aí* é leite? Ai, que vontade de responder, *Não, colega, o dá direita é mate com limão. O da esquerda, piña colada com rum. Não ofereço porque estão gelando. Quem sabe em meia hora...*

Até que algo nisso tudo fez sentido, por mais bizarro que minha vida parecesse naquele lácteo instante.

— Desceu? – quis saber a obstetra, Dra. Clenira.

— *Hein?* Não entendi.

— O leite, bobinha. Vem antes do bebê. Vai dizer que não sabia?

— Tá. Não digo. *Mas como é que sai?*

— Tem que ajudar. Todo dia. No banho. Ir estimulando...

— Ah. Sei. Moleza.

E foi um tal de pega, puxa, esfrega e chucha, que vou te dizer uma coisa. Desfazendo em água morna, durante dias e dias, o mesmíssimo ritual. Só sosseguei quando brilhou. Uma mísera gotícula. Pois pra mim valia litros: *a primeira vez que eu dava leite na vida, gente!* E fui atrás de alguém pra mostrar.

Pelada. Molhando tudo. Quarto. Sala. Escritório. Até me deparar com o Zé na cozinha. Rascunhando algo.

— Leite – foi tudo que consegui dizer.

Nem se virou pra me olhar (ainda bem, concluí mais tarde). E despachou. De costas, mesmo:

— Tem desnatado na geladeira. E de soja na despensa. Se é que você não tomou tudo.

— Mas...

— Integral, não! *Nem vem que num tem.* Depois a Dra. Clenira reclama do peso e você chora – sem mover a retaguarda. — Pode tirar o cavalinho da chuva...

— O leite é meu, Zé – esclareci, mesmo que tivesse sido uma gota. Uma única e minguada gota.

— *U-hummm.* Agora me deixa trabalhar, vai? Sossega, Gabi. Sossega...

Pensa que liguei? Qual nada. Respingava feliz. Olhando pros peitos. Cada vez mais fascinada.

— É branquinho, amor. Fininho.

Coçou o coco antes de responder, como quem busca paciência junto aos deuses apolônicos.

— O dia que inventarem um *pink* crocante e cremoso, juro que compro *procê*, combinado? Por enquanto, tem água – massageando as têmporas, de volta à papelada espalhada sobre a mesa. — Então, vejamos: se eu recalculasse a profundidade dessas fundações...

Sorri rasgado. Feito boba. De orelha a orelha. E singrei direto e reto a um pesado espelho de parede, onde quedei, admirada. A cena era pungente: Gabi, a mocha, dando *Ois* pra imagem refletida. *Ois*, não. Perdão. *Muuuuuuuus.*

10. A EXTERMINADORA – PARTE 1

Assim fomos vivendo. Um dia após o outro. O quarto do bebê ganhando cara, meio aos trancos, mas tudo lá: berço, brinquedos, trocadores, roupinhas. E eu achando graça.

O começo geralmente é bom, percebeu? Que é pra passar a lábia no vivente. Depois, vai entornando. Fica corrido. Confuso. É tanta encrenca encavalada, que a gente quase nem se apercebe que atolou pela goela. E segue tocando, até o primeiro coaxo.

O que eu fiz? Ignorei. Um coaxado não é muito. Afora a grande chance de ser hormonal. Quase certeza de que foi. Tipo efeito colateral que dá e passa. Vide unha ressecada e pele oleosa. Sendo assim, anote mais esse. Pode acontecer a qualquer uma.

Os sons se repetiam. Se intensificavam. Copa. Sala. Aonde fosse, eu os ouvia.

Pensei em perguntar, mas recuei. Ouvir é uma coisa. Admitir ao cidadão que dorme no travesseiro ao lado é outra completamente diferente. Então, guardei meus prognósticos de esquizofrenia paranoide só para mim e estrilava cada vez que um *crooooooak* chegava aos meus ouvidos.

Até que peguei o Zé procurando.

— Que foi, Zé? – perguntei, *como quem tá nem aí pra hora do Brasil.*

Ele? Ganhou de mim em encapotamento e dissimulação, mandando ver num descarado, *Nada, não...*, mas seguiu revirando. Ressabiado. Esquadrinhando cada fundilho de coisa pelo caminho.

— Nada, né? Sei... — eu, perturbando. — Dá pra dizer se esse NADA aí é mineral, animal ou vegetal? — continuei. — De vestir, calçar ou de comer? Se bem que, carboidrato por carboidrato, prefiro mesmo é um bom purê de mandioquinha, viu? De troco ainda lubrifica o intestino grosso, *que essa minha silhueta aro 18 tá de matar, Jisuisss...* foquei no diâmetro e perdi completamente o prumo da conversa. — *Lembra da Toninha?* Contei dela, sim, senhor! Minha prima de Minas. Famosa por largar tudo pelas metades. A fulana tinha a síndrome do faz-destaz. Enfim. Só sei que, um belo dia, acordou e disse, *De hoje em diante, nunca mais como pão!*

— Daí...

— Eu vou lá saber? Pergunta pra mãe dela. A menina mora em Varginha, oras bolas, e você querendo que eu dê conta da dieta hipocalórica dela. *Tenho mais o que fazer. Eu, hein...*

Ele, arrependido do tempo gasto comigo, voltou ao turno de busca. Eu? Na cola. Matraqueando besouros e carrapatos. Teria mantido a linha insana por horas e horas a fio, não fosse ele retroceder, entregando de vez o ouro.

— É que ouvi alguma coisa...

— Tipo um sapo? – *Ai, que alívio! Não sou louca, afinal.*

— Acho que um grilo.

— Grilo, Zé?!? – revirei os olhos num desdém descomunal. — Desde quando grilo coaxa grosso? Que eu saiba é *cri-cri-cri...* — devia estar ridícula enquanto sonoplasta adjunta da *National Geographic.* Mas esclareci meu ponto: — Onde já se viu? Isso é sapo. E sapo-BOI!

Segui ranhetando por um bom tempo ainda, encabritada num sofá do canto, de onde orientava as operações de busca e apreensão. Resultado: deram n'água, assim como várias outras manobras que se seguiram. Infelizes todas elas. Quer saber se esmorecemos? *Dijeituninhum*. Mais por insistência do sapo, diga-se de passagem. Deu pra cantar noite e dia. Não tinha sábado, véspera de feriado, nem crise de sinusite que o fizesse sossegar. Às vezes, os sons eram altos, como quem diz, *Tá quente. Muito quente*. Outras, pareciam mais distantes, num debochado, *Tá friiiiiioоооо. Congelô, Manezão!*

Durante semanas farejamos atrás do *mardito*. Num tal de revira almofada, bate sapato e emborca caixinha, que Deus me livre e guarde. Até que colidimos com o desinfeliz. Eu, não. O Zé. O homem pulava e gritava tanto que ficou difícil distinguir isso daquilo. Lembro dum papo enorme, nojento, vermelho e vibrante. Dono duma boca maior que a minha. De resto, se vi, nem sei. O diacho do bicho fugiu.

Pior foi a Elis. Contou dumamiga-doutramiga-dumaconhecidadela que dividiu certa vez a casa com um sapo-baleia, até que o *disgramado do cicrano* decidiu colar-lhe a bunda. Pois é. Um horror! Ainda mais se analisarmos as condições em que o incidente se passou: tarde da noite, com a sujeita muito bem assentadinha, fazendo caça-palavras na privada enquanto aguardava serenamente que os lactobacilos diários fossem a termo com sua missão. Preciso nem dizer onde foi que o penetra escolheu pra beber água, certo? *Poizentão...*

E lá em casa virou lei. *Vai cagar?* Melhor checar três vezes. Tem papel no rolo? E sapo na *casinha*? *Na minha popinha*, não, violão! Quem tem, cuida, nega. Quem tem, cuida.

Só digo a você uma coisa. Palpite, eu acho. Mas, podia jurar *dipéjuntinho* que o diacho do anfíbio era "moça". Pelo tanto que azucrinava. Um macho não se daria a todo aquele trabalho. Há muito teria voltado ao brejo, aos *parças* e às pelotas sagradas das quartas à noite.

No fim, não houve trégua nem refresco que bastassem. Cheguei a implorar por uma torneira pingando ou um pega de gatos de rua. Mas não tinha acordo. Era sapo mesmo. Arrastando-se pelas madrugadas. E quando silenciava, geralmente, passava das oito da matina. Então, dá-lhe corretor nos olhos e café na veia aos litros. *Que o trânsito na região do Morumbi é um inferno, meu filho*. Do bicho, a gente cuida. Depois.

11. A EXTERMINADORA – PARTE 2

Até o dia em que topei de frente com o *fiadaputa*. Só nós dois. Passei-mão no primeiro vaso emborcado que alcancei e fui fechando o cerco. No fundo, um jardim de carandá e lírios desembocava na piscina.

O *viscosão*, a princípio, fingiu-se de morto, acredita? Medindo de baixo a cima. Numa empáfia siciliana de quem não teme o fim do jogo.

— *Azarusseu, colega!* — anunciei a passos firmes. — *Quero ver cantar, agora...*

Conforme eu chegava, ele se arrastava. E assim tocamos. Numa conga esquisita. *Dois pra* cá, dois pra lá. Mas paciência tem limite e a minha estava vencida havia certo tempo. Tanto, que não dei colher de chá. Tampouco, ele. O bicho encheu o papo nas tampas. E preparou.

Jamais em minha vida me imaginei assim: capotada sobre um batráquio imenso. Mas foi o que fiz. Numa ação ousada, quase ninja, tendo em vista minha respeitável silhueta de parideira a poucas semanas da erupção. Teria até pontuado, não fosse a pouca colaboração do colega, que voou direto pra dentro da piscina, onde afundou e seguiu descendo. Até que só sobraram bolhas. Depois, nem elas.

No começo, encorujei à beira d'agua, até saber de fato o que acontecia. Daí, comemorei com a volta olímpica, num misto de *moon walk* com *dancinha da vitória (vergonha alheia*, pode ter certeza disso). Mas acabou-se a barulheira. O sapo. A baba de sapo. O nojo do sapo. Enfim. *Hurra!*

12. A EXTERMINADORA – PARTE 2,5.

— Eu matei! — fui ligando e dizendo: — Matei o sapinho, compreendeu? Matei!

— *Como é que é?* — assentou-se melhor na cadeira, tentando entender metade do que eu dizia.

— Exatamente o que você ouviu. Sou uma assassina! AS-SAS-SI-NA...

O problema é que todo mundo sabe que assassinas não servem pra ser mães. Tá lá nos filmes. Com certeza, não são boas mães. Talvez, mãe medianas. Ou péssimas mães. Mas, mãe pra valer? *Jamé*!

Ele não disse nada. Nem uma palavra. Mas a certeza da audiência suscitava ainda mais minha tragicidade. Tanto que continuei.

— O que foi que o pobre fez a mim? Nada. Umas noites sem dormir, só isso. E quando o nenê começar a chorar, hein? Faço o quê? Empalho? – hesitei, pra retomar aos prantos. — Uma insana desnaturada, é isso *que eu* sou! Destemperada. Irracional. A quem eu queria enganar?...

E a *mea culpa* teria continuado inesgotável e descarrilhada. Tamanha a dor que eu sentia. Não fosse o Zé pra me acudir. Sempre ele. Num tom generoso. Quando mais eu precisei.

— Posso saber como foi que ele morreu?

Funguei.

— Afogado.

— Não pode.

— *Hein?*

— Gabi, sapo vive onde?

Solucei, sem responder.

— N'água, meu amor. Você não matou ninguém. Só deu banho.

— Mas eu vi quando afundou...

— Vai por mim. Ele está bem. E você será uma mãe maravilhosa.

Podecrê...

À noite, fomos os dois vasculhar. Primeiro, a piscina. Depois, jardins e quintal. Nada. De lembrança do ocorrido, só a minha cara inchada.

Dei o caso por encerrado e fui dormir. Mas não deu certo. Apaguei as luzes e fiquei esperando. Até que finalmente aconteceu. Um coaxado. Depois outro e outros sem fim. *Ufaaaaa,* respirei aliviada, *Agora, sim.* Com o reaparecimento do sapo, só me restava esborrachar nos travesseiros, babando e roncando até engasgar. Pois foi exatamente o que eu fiz.

13. O PEDRO CHEGOU.

E o Pedro nasceu. Numa madrugada de virada de mês. Primeiras horas de um dia primeiro.

Pra quem se pelava de medo do parto, até que foi tranquilo. Sei que o moleque chorou e foi direto pra vitrine, onde a povarada o esperava com as alegorias a postos: grandes angulares, charutos, prossecos e flashes a torto e a direito. Entre a equipe de enfermagem, os comentários de sempre, *Pais de primeira viagem. Credo. Já vi tudo...*

Atender que é bom, ninguém queria: *Tá com você*, disse uma, *Eu? Por que eu?*, cruzou os braços a outra, *Comigo, nem morta!*, chegando a uma conclusão, *Quer saber? Vai na sorte. Joquempô...*

Acontece que, além de primeiro filho, o menino era também o primeiro neto e sobrinho dos dois lados. Sendo assim, esqueçam tudo: programas, baladas, viagens. A *boa* da vez estava ali. Em plena Paulista. Numa ala de pediatria onde o séquito de visitas virava a noite e seguia em frente. Em meio a litros de álcool gel, bem-casados aos quilos e talagadas várias de *scotch*. Pra não dizer que não falei das flores...

Quase caí dura. Tamanho o cansaço e vontade de ficar sozinha. Quer dizer, sozinha, sozinha, já nem dava. Mas um sozinha relativizado. Ou seja: eu, o Zé e o meu bebê. *Por falar nisso, cadê eles? Tá* tão cheio aqui... *Se os vir, por favor, mande de volta: suíte 925. Bloco D. Coladinho ao elevador...*

Até que deu a hora do banho. O meu, é claro. Que o do bebê tinha passado faz tempo, *Todo mundo pra fora*, ordenou a enfermeira, *Consegue ir ao banheiro, meu bem?*

Acabei de dar à luz, nega! Parto normal. Tem ideia do que isso faz a uma mulher? Banho é pinto! Onde fica o chuveiro? Marte? E por que tratar de assuntos tão mundanos quando se tem uma Síria pela frente a pacificar? Epidemias a eximir. Ou simplesmente... *Ai, moça! Num empurra. Tô indo. Mas que pressa. Eu, hein...*

Foi um Deus nos acuda quando cheguei ao banheiro e dei de cara com aquela imagem aterradora de mim. Afora os peitos tridimensionais, capacitados a fastear sozinhos uma nação inteira, ainda tinha o ocaso da barriga: um saco murcho que pendia ora prum lado, ora pro outro, *Jesuis! Isso nunca mais será um "eu"*, pensei aparvalhada.

Ân*imo, Gabi. Vão se os dedos ficam os anéis*, suspirei enquanto praguejava, *Cabô minha vida! Cabô...*

Até que, cansada de tanta dó de mim, fui ter com os outros. Aquelas pessoas normais, dotadas de abdômen e umbigo no lugar.

Passado um pouco, trouxeram o Pedro. E esse, sim, chorava de verdade. Alto. Nervoso. Avermelhado. Dono de agudos tão perfeitos que não me fiz de rogada e chorei juntinho. Cada qual a seu tempo e intensidade. Até que dormimos. Embodocados. Confortavelmente aninhados um ao outro. Engraçado como, de repente, toda aquela proximidade me parecia tão natural.

No meio da madrugada, novo *vuco-vuco*. O Pedro seguia ótimo. O problema era comigo. Outra vez. *Merda!*

— Filha do céu. O *trem* tá feio. Parece que empedrou. Vamos ter que te ordenhar...

— *Cuméquié, dona?*

Ao que a outra seguiu, despachando, com o auxílio dum *walktalk*.

— Ajuda no quarto 925D. Sozinha não consigo. Repito. Ajuda no quarto 925D. Preciso de reforços. Urgente!

A que tipo de "reforços" ela estaria se referindo, só Deus pra explicar. Talvez a *CIA*. Os homens do *Mossad*. A Tropa de choque. Só o capitão Nascimento que não, pelo amor de Deus! Tudo menos o *Wagner Moura*. Justo agora que meu manequim empandeirou seis números...

Logo eram quatro enfermeiras. Duas por peito. Retorcendo as bambuchas que jorravam em *L*, em *8* e ziguezagueando. Só faltava a pipoquinha doce e o copo cheio de refri. De resto, estava montado o espetáculo: o show das águas do Bellagio. Bem ali na minha cama. Versão láctea e *a capela*. Onde eu era a fonte. Coisa linda de se ver. *Só que não...*

Até que uma voz se apresentou. Mole de sono.

— Gabi? Tudo bem? — era o Zé às minhas costas. (*Vigi!* Tinha me esquecido dele).

Pensa rápido, mulher! Não há amor que resista a uma cena escatológica de tamanha magnitude. Há formas muito mais dignas de se acabar com um relacionamento (dedo no olho, laxante na maionese de ovo e espalhar pro escritório todo que o fulano é gay). Sendo assim:

— *Nada, não, benzinho. Vira e dorme, tá? Intémanhã, querido. Intémanhã...*

14. ENTRAVES DOS PRIMEIROS DIAS

Enfim, a sós. Ou quase. Já que a mamãe foi pra casa conosco. Minha sogra, também. E uma irmã dela, de Santa Catarina. Com o marido e dois filhos. Ambos casados. Além disso... Já contei que, à noite, apareceram uns amigos da turma do pôquer do Zé? Poizentão. Mais dois ou três vizinhos e a moça da banca da feira. Barraca de peixe, eu acho. Além dum gringo pedindo informação e uma baiana vendendo abará. Até que um dia, a novidade passou e eles foram embora. Por vontade própria. Todos. Menos a minha sogra. Essa tive que meter num carro e despachar. Custou. Mas, por fim, iríamos descansar.

Sossego que durou pouco. Bem pouco, admito. Afinal, é vida que segue. Primeiro no varejo, depois no atacado. Restava correr atrás. Principalmente dos clientes. Pois quem ligou na segunda cumprimentando, retornou na terça pra cobrar o prazo dum nivelamento de piso ou orçar uma troca de revestimento. *A famosa faca de "dois legumes", conhece?* Nunca bati ponto na vida, mas também não sei o que são férias remuneradas, nem se licença maternidade é de vestir ou pra chuchar feito biscoito.

E se a minha ciranda embrulhava, é obvio que o Zé entrava na roda. Gostasse ele, ou não. Cheguei a decorar o discurso:

...Não sei pra que trabalha tanto. Além disso, o bebê é muito pequeno. Escuta o que estou te dizendo: num sirvo pra olhar menino, não...

Ah, jura? Pois vai me desculpar, coleguinha. Se o Pedroca tem mãe, é porque também tem pai. Então, melhor deixar de ser bandeiroso, que a mamãe aqui passou da hora de pinicar.

— Ele vai chorar — insistia, teimoso. Na mesma tecla. Mil vezes.

Como quem diz, *Que* mãe terrível é essa que deixa seu *bebê esgoelando até morrer?...*

Então eu explicava, numa paciência de Jó.

— É só chacoalhar um pouquinho que ele dorme e pára. Ou desiste e cansa — enfim, traduzindo, *Se vira, negão...*

— E se não parar? Se continuar chorando?

— Aí é fome. Tem que dar de mamar — fui passando a mão na bolsa e nas chaves. Bico pronto pruma última beijoca antes de zarpar.

Ele, aborrecido, entornou o caldo um pouco mais

— Não sei se deu pra perceber, mas minhas glândulas mamárias são tão desenvolvidas quanto minhas habilidades de mestre-sala...

Se isso foi uma piada, não teve graça nenhuma, pensei, enquanto catava uns croquis espalhados sobre a mesa.

— O leite *taquí*, ó. Prontinho pra servir – mostrando os diversos potinhos pré-datados à porta da geladeira. — É só pôr em banho maria e pronto.

— *Banho-quem?*

Ai, céus. Eu mereço.

— Dá aqui a mãozinha... — *credo!* Tem homem que é limitado. E o Zé, quando empaca, assume a liderança absoluta.

— Zé-fogão, fogão-Zé. Agora, sim. Devidamente apresentados — nunca vi maior cara de fim do mundo que a dele, espiando desolado o potinho imerso em água morna.

— Primeiro, você testa a temperatura. Depois, alimenta a ferinha. Combinado?

Abro a porta, mas não dou um passo. Pelo contrário, pergunto.

— Tudo bem? Posso ir?

Difícil não rir do homão fardado. Vestido num par de luvas pra churrasco e avental pespontado à mão (pela bisavó dele, só pode. Que a minha já morreu. E mesmo se viva, com certeza não teria tempo pra tantos miosótis. *A velha era doida num baile.* Enfim...). Esqueço da bisa e volto ao homem que, depois de alguma peleja, segurava o frasco com as duas mãos. Então, sacudiu, destampou, seguindo duma fungada longa. Como se buscasse conhecer a safra e o complexo mundo dos fenóis, sais e ésteres latentes em 100 ml de leito de peito.

Daí, fez careta. Cheirou de novo. Foi quando, tomado duma coragem repentina, virou na talagada. Que nem chope. Acontece que não era. Talvez por isso tenha azulado de tão feio. E cuspido tão longe. Talhando leite pela cozinha inteira.

Não só não saí, como tive que voltar. A tempo de desferir-lhe um senhor tapão nas costas. *Esse Zé...*

— *Quifoi* que aconteceu, gente? Quente demais, é?

— Quente? Não! – arfou ele, voltando à vida. — Tá é ruim! Horrível! – numa careta de limão sem precedentes. — Que coisa mais medonha é essa?

E adianta brigar?...

— Pô, Zé! É leite materno. Queria o quê? Opacidade? Buquê?

— Tá explicado porque esse menino chora tanto. Dá um *Todinho* pra ele. Judiação...

Quis matar. Mas teria que ser na volta.

Sei que larguei de mão dos dois e fui-me embora capinar. Segura de que precisava de uma babá. Pra ontem! *Jesuis...*

15. O PEDROCA

Daí que o tempo passou e o Pedro cresceu. Um molecão. Matuto que só ele. Três anos felizes. Mimos, birras, catarros, viroses, prazos apertados e tetos para rebaixar. Além de algumas novidades. Como a entrada da Tatinha na nossa aparvalhada dinâmica familiar.

Eu explico: precisava de alguém que cravasse os olhos no pestinha enquanto eu estivesse fora. E a escolhida foi ela, esparramada pela casa afora correndo atrás do menino. Garantindo que não arrastasse os cachorros pelo rabo, nem lambesse os batentes ou cutucasse as tomadas com os dedinhos.

Acontece que o menino era o próprio encosto, sempre aprontando, subindo, gingando, correndo. Conclusão: a pobre quase ficou doida com ele. E de trapalhada em trapalhada, ia me pondo caduca com ela.

Foi quando acionei o *plano dois*: a escolinha.

Diga-se de passagem, mostrou-se uma decisão pra lá de acertada. Difícil quem não se assombrasse com a palpável evolução do *curió*. Logo reconhecia letras, formas e números. Isso quando dava tempo, já que o cruz-credo gostava mesmo era de uma encrenca. Como quando rebocava o casco das tartarugas. A essa altura, tínhamos três, que serviam de fiel plateia às aprontações do Malazarte.

Acontece que, junto com a escolinha, vieram as reuniões de conselho de classe, os engarrafamentos de entrada e saída, as aulas de futsal, karatê e natação. Sem falar nas lancheiras politicamente corretas, nos grupos de *whatsapp* e os incontáveis dias de vestir *assim-cozido* ou de levar *aquilo-assado*. É claro que eu sempre trocava tudo. Dava até pra ler o pensamento das professoras e auxiliares, *Essa mãe tem atraso cognitivo, gente! Só pode. Mas uma hora acaba acertando. Com fé* em Deus...

Acontece que, de todas as amolações, nada – ouviu bem, nada – me solava mais o dia que um *convitinho* prum aniversário de pivete grampeado na agenda. *Jesus-amado-salve-salve*, como eu odiava aquelas festinhas. Era difícil a semana que não tinha uma. Ou várias. Em noites consecutivas. Parecia até que brotavam da terra, encharcadas em óleo de coxinha e aos berros de, *Não corre, Não come do chão, Larga o cabelo do amigo, senão...*

16. DIABINHO

Foi assim naquela tarde, em pleno meio de semana. Lotada de trabalho atrasado pra entregar e, em vez do escritório, estava ali. Embarrancada num buffet infantil. Aborrecida muito além dos cornos, no meio duma mulherada pomposa e que mal conhecia. Mas era o primeiro mês do Pedroca numa turma nova, então, sorria e acene, meu bem. *Simbora* entrosar.

Tristeza maior eram os assuntos. Diferiam muito pouco e, invariavelmente, envolviam as crianças. E seu cocô. Respeitando as diversas colorações e texturas. Isso quando a conversa não descambava em aula prática:

...merendeiras ecossaudáveis, aprenda a montar a sua: inscrições abertas com vagas limitadas para iniciantes. Para as mais tarimbadas, mesa-redonda: prove ao mundo que seu filho é um prodígio-colosso. Aula presencial mais apostila com teste de múltipla escolha...

E o tagarelê seguiu na mesma linha.

— Meu filho é tão esperto. Escreve o próprio nome sem ninguém ajudar.

— Isso não é nada. A Simoninha essa semana começou a ler. Sozi-nha. Juro pra ti...

— Contei que meu Toninho canta em inglês? Beatles. Afinado, afinadinho. Meu marido disse que é resquício... de outras vidas... *Quicoisa*, né? Tô inteira arrepiada, espia só...

Assim foi. De filho em filho. Cada qual com seu talento. Até que a roleta girou de novo. Parando em mim. Eu? Fingi de morta, ocupada como estava digitando ao celular. E teria continuado, não fosse um cutucão que mal vi de onde veio.

— O Pedroca? É bom menino, sim. Claro...

Não foi o suficiente. Então, improvisei. Péssima escolha, antes tivesse passado a vez.

— Superinteligente – de fato. Pena o fim que dava aquela criatividade toda. — Menos de uma semana de escolinha e já sabia mais palavrões que eu numa vida inteira. Sem contar que aprendeu a beliscar a Tatinha no traseiro e a arrotar capelinha-de-melão em ritmo de *funk*. Daí, pra converter *PVC* em bomba caseira, falta pouco. *Al-Qaeda que se cuide...*

Silêncio.

Se entenderam a piada, não viram graça. Nenhuma.

A situação piorou mais um pouco quando a dona da festa decidiu se juntar ao grupo. A sujeita, socada num vestido de noite apertado, trazia no alto da cabeça um cotozinho esquisito, com brilhos e flores. Gosto é gosto, fazer o quê. Antes nela, que em mim

E não demorou muito pra que as senhoras da *Irmandade de Maria* começassem o lava-pés.

— Nossa, querida. A festa está incrível! E você está simplesmente deslumbrante. Olhe só esse cabelo. Quanta ousadia, hein?

— *Magina* — fingindo de rogada — Até agora só tive elogios –

deixando o melhor pro final: — Quer dizer... um dos amiguinhos do Júnior perguntou se era um ninho...

As mulheres se viraram todas em minha direção. Imediatamente. Afinal, quem teria a coragem de criticar o mufuá da mãe do aniversariante, hein? Hein?

Ok. *Foi o Pedro.* Disso eu tinha certeza absoluta.

Pois é. Festas. Absolutamente não são o meu forte. Nunca foram. A tomar pelo meu filho, nunca vão ser. Pra fim de conversa, catei o *saracura-boca-grande* e fomos embora. Com ele escangalhando atrás de mim, aos gritos de *inda-num-foi-o-parabéns, manhêeeeeee!!!*

Próxima? Nem amarrada. Hora de barganhar com o Zé e fazer concessões. Uma semana de sexo explícito e ininterrupto, por exemplo. Três vezes ao dia. Caso ele não caísse no truque, melhor apelar ao coração: que tal passe livre pros próximos trinta jogos do timão, hein? Pegar ou largar. Dou-lhe uma. Dou-lhe duas...

17. NOVIDADE

A família foi aos poucos se ajeitando. Ganhando forma e corpo. E não é que fui me afeiçoando ao *troço* todo? Tanto que voou. O que geralmente acontece quando a gente está se divertindo.

Sei que pode parecer estranho, mas decidimos engravidar de novo. Seguir em frente com um segundo tempo, aproveitando o embalo e a tralharada recém-adquirida: cadeirinha, babadores, cueiros, o diabo.

Mas querer é uma coisa. Consumar, outra. Completamente diferente. Demandou mais dois anos, fazendo com que a barriga nova coincidisse com um menino espichado e inconveniente como ninguém. Cem por cento convencido de que tinha os pais mais bacanas do pedaço. E que eram dele. Exclusivamente. Ponto final.

18. O INTERROGATÓRIO

Pra encurtar a conversa, sempre tive certeza do quanto o Pedro gostava de mim. Nunca deixou de gostar. O problema era o tanto que encrencava com a minha barriga, cada vez mais pronunciada. Até o dia em que perguntou.

— Quem taí?

— Sua irmã, querido.

— Dá pra trocar por um irmão?

— Não, anjinho. Não dá. Mas vai ser ótimo ter uma menininha em casa. Vai ver só.

Fechou bem a carinha antes de continuar.

— E ela vai morar onde?

— Aqui. Com a gente.

— Nãoooooo!

— Simmmm.

— Mas, por quê?

— Porque ela é parte da família e nós a amamos.

— Eu não amo.

— Ainda não. Mas vai amar assim que a conhecer. Tenho certeza. É bom demais ter irmãos.

— Você tem?

— Não.

— Ah. Tá.

— Mas o papai tem. Um irmão e duas irmãs.

— A tia Júlia é uma chata. Você vive dizendo.

Saudades de um tempo em que os meninos eram muitos mais bestas que os de hoje. Sendo assim, hora duma saída estratégica pela direita.

— Quem quer suco de uva com bolo de chocolate???

Funcionou. O famoso binômio: homens e comida. Difícil não acertar. E eu fugi. De fininho. Mas ele veio atrás. Boca cheia toda lambrecada. Ainda por cima, chupava os dedos.

— Quem vai ser a mãe dela?

Desacreditei. *Como assim, quem vai ser?*

— Eu, querido.

— Muita folga dessa menina, viu? Tô achando graça nenhuma – e saiu. Batendo lata.

Eu ri.

Vinha chumbo grosso pela frente.

Mas, vamos lá.

19. AINDA O BEBÊ

Na escola o assunto também rendeu.

— Minha mãe vai ter um bebê.

Nossa..., disse um, *Que horror...*, sofreu outro.

— E será uma menina.

Meleca!

E estava formada uma rede única de solidariedade.

Até que algum gênio sugeriu:

— Dá ela prum pobre.

— Quem?

— Sei lá. Um que não tenha cachorro, nem gato. A gente ajuda a procurar, né, pessoal?

Concordaram todos.

Foi quando o Dudu, um ícone da turma, tratou de perguntar.

— Até lá, onde ela vai dormir?

— Na área de serviço com o Beiçola, é claro.

Tadinho do Beiçola, sentiram eles.

E voltaram ao futebol. Que era muito mais negócio.

20. A XOTA

Consciente ou não, o menino levou o caso adiante. Passando um bom tempo ainda de mal da barriga. A minha, no caso. Grudado ao pai num rabicho irritante. De perder as estribeiras.

Todo dia era dia. Toda hora era hora. Mesmo sábado. Às seis da matina. Com o Zé todo troncho sobre uma prancheta onde havia varado a noite, sem forças pra esticar.

Foi bem assim que o encontrou. Mastigando língua entre um bocejo e outro. Tipo besta ruminante. Era a segunda noite que passava assim, emborcado entre provisões e cálculos de homem-hora.

Melhor incluir mais um gerador, concluiu, exausto. A vista embaçando de sono. Foi quando uma voz curtinha veio de sob a mesa.

— Pai. O que é *xota*?

— *Uhmmgrunfhhhmmm...* — grunhou ele, revirando a montoeira de papel.

— Pai. O que é xota? – se tem algo que criança faz bem é insistir. E nisso, o Pedro era craque absoluto.

— Bom... é... — pigarreou o pai. — Digamos assim...um tipo de... *coisa*... — dando o dito por resolvido, enquanto coçava os olhos e espreguiçava.

— Ah. Tá.

E de volta aos números e diagramas. Tanto que nem percebeu que ainda era observado. Acontece que curiosidade de moleque é bicho ruim que não tem fim.

— Que tipo de coisa?

O Zé se ouviu, não deu pelota. Preocupado que estava em multiplicar a variável pelo número de dias úteis.

— Paiêeeeee!

— Hein?...Tá... — tentou resumir o assunto. — Xota, né? É uma *coisa*... boa...

— Boa?

— Uhuum... Com certeza...

— De comer?

Hesitou por um instante. Mas acabou concordando: — Definitivamente. De comer — esforçando-se pra conter o riso, *Melhor voltar aos meus papéis...*

Bastou pro menino, que já corria despencado escada abaixo. Pinoteando eufórico. E nem bem pisou a cozinha, gritou:

— Manhê! Ô, manhêeeeeeeeeeee! Já sei o que quero de lanche!!!!!

Vixe!, arrepiou-se o pai, antevendo o triste fim daquela história, *Danou-se...*

E a bronca veio a cavalo. Num urro de égua coiceira que ecoou pelo bairro inteiro.

— Zéeeeeeeee!!! Tá doido, homem?

Com o moleque esperneando a mil por hora, *Eu quero, porque quero, e quero-quero-quero!*

21. COISINHA NOVA

Sei que a ciumeira continuou. Cada dia um fato novo. E o Pedroca azucrinando.

— É tudo assim nessa casa: sempre a *coisinha*! Sempre!

— Que *coisinha*, meu amor? – fingi paciência, quando a vontade, mesmo, era de esganar.

— Essa aí. Que *tu* engoliu.

— Mamãe não engoliu, querido.

— E como foi parar aí dentro?

— Inalei... — três e zero pro menino.

— Qui é isso?

Saia-se dessa, *Espertilda.*

— É quase igual engolir. Só que é pelo nariz...

— Eca!

E de volta a mesma tecla.

— Por que ela tem cama nova e eu não?

— Mas, meu amor, é só um berço...

— Daí? É novo, *né, não*? Então, eu também quero!

Pois é. Bem-vindo ao meu mundo. E quando pensava que desistia, mandou outra: *a boa.*

— Ô, manhê... E eu? Fui engolido ou inalado?...

22. DIA DAS "PÃES"

A chegada da irmã continuava um entrave na vidinha do menino. Tristeza que não escondia de ninguém. Pelo contrário, fazia até certo gosto em comentar.

— Minha mãe tá inalada. De nove meses. Terrível, né?

A encrenca era pessoal. Comigo. Sendo assim, convoquei-o baixinho pruma conversa. Mais didática, impossível.

— Olha: pra mãe, filho e filha, é tudo igual.

— Papo furado – retrucou,

— Verdade verdadeira. *Sabia, não?* Pois pode acreditar em mim.

Se colou, não sei. Mas antes que o filhote de cruz-credo voltasse a atormentar, eis que chegou o dia das mães. Comigo estourando. Prestes a dar à luz. Ainda assim, fui à escola, onde assisti a uma ou duas musiquinhas que ele mal cantou, não fazendo questão alguma de sequer olhar na minha direção.

Ao final, entregou um cartão onde me vi desenhada. De bigodes. Sob o dito garrafal: PAPAI, EU TE AMO.

Hello! A bunda pra limpar é minha, mas o cartão é dele???

— Não, mãe. É teu. O fundo é rosa. *Tá* vendo, não? — suspirou antes de continuar. —Pra filho, mãe e pai, é tudo igual – dito isso, espezinhou. — Sabia, não? Pois pode acreditar em mim!

23. NEGÓCIOS EM FAMÍLIA

Até que a noite do parto chegou. E Passou. Viramos quatro.

Pior a emenda que o soneto. Com meu mundo de pernas pro ar e o tempo minguando de vez.

O Pedro, então, elevado à posição de irmão mais velho, tornou-se insuportável, como naquela manhã que gastei mais de hora e meia ajeitando as crianças e suas mochilas pra que fossem passar o dia na vovó.

— Ande, Pedroca. Sua avó está esperando.

— Não vou.

— *Oi?*

— É. Não vou. O Dudu me chamou pra jogar na casa dele.

— Ô, meu filho, a vovó vai te levar ao parque pra soltar pipas, esqueceu? *Bacanão*, hein...

— Não. Obrigado. Já tenho programa.

Cuméquié? Apelei. Ao melhor do seu coraçãozinho dourado e ao estômago dilatado dele, também.

— Aposto que sua avozinha fez lasanha. E do jeito que você gosta...

Deu de ombros.

— Daí? A mãe do Dudu sempre pede pizza. Isso quando não faz salsichão com mostarda, doce de leite e churros. *Uhuuuuuum* — dobrando as apostas — posso até comer com a mão, se eu quiser...

Horrorizei. E o descarado continuou.

— Sabia que o pai do Dudu montou uma plataforma de lançar foguete só pra gente? Incrível...

É guerra que você quer? Pois *guerra você terá.*

— Se for comigo, compro picolé. Dois. Com casquinha de chocolate e tudo o mais. Mas tem que entrar no carro, agora! E sorrindo.

Nem ligou.

— Tem sorvete aos montes na casa do Dudu. Um freezer cheio. Posso tomar o quanto couber. Até doer os dentes.

Truco, ladrão! Fui à lona. Sem direito a recontagem.

— Filho, pense na decepção da sua avó se eu chegar lá sem você.

Esperava palmas. Em vez disso, veio com outra.

— Pipa é chato. Se ao menos eu tivesse um joguinho novo, podia ensinar uns truques à vovó...

A ideia dos dois brincando juntos me enternecia, *E o que vai ser? Dominó? Trunfo? Resta um?*

— Fifa 15. Ou Mortal Combat 10. Mas vou precisar dum *joystick*, também. O meu *tá* bichado.

— Endoidou? Isso custa uma fortuna.

— Mas, mãe...

— Não! Já disse. Em quantas línguas terei que repetir? Russo? *Niet*. Alemão? *Nein*. Francês? *Non*...

Foi catando a mochilinha e gingando rumo à porta. Donde perguntou.

— Que horas o pai do Dudu vem me pegar mesmo?

Vontade de servir com batatas e uma maçã lustrosa na boca. Em vez disso, meti a viola no saco e sucumbi.

— *Ok. Ok...* Afinal, é só um joguinho, certo?

— Dois – retrucou, petulante. — E não esqueça o *joystick...*

Fingi serenidade, enquanto uma ogiva nuclear eclodia dentro de mim. Então, catei as chaves do carro, a tropa pelos colarinhos e pilotei direto e reto pra casa da vovó. Ou quase. Já que no caminho, fiz um *pit stop* no shopping pra pagar minhas propinas.

O outro, agarrado ao pacote de compras, colou-se a minha cintura, enquanto derretia.

— Você é a melhor mãe do mundo, sabia? Não vejo a hora de chegar à casa da vovó. Bateu uma saudadona dela de repente. *Gozado, né?...*

24. ÁLBUM DE FAMÍLIA

Sempre assim. Quando não eram as crianças, era o Zé. Perturbava durante meses, sem deixar de insistir.

— Poxa, Gabi. A Mafê está com quase dois anos. Daqui a pouco se forma e ainda não conheceu minha mãe. Pensa bem: o casamento do meu irmão é a chance perfeita pra reunir a parentada. Um final de semana e pronto. Livres por mais uma década...

Essa história de *teretetê familar* não era muito a minha especialidade. Principalmente, quando a pernada envolvia o convívio com minha *doce* e *afável* sogrinha.

Acontece que, quando me dei conta, já estava fechando as malas. Me preparando psicologicamente para uma interminável viagem de carro até Balneário Camboriú. Até que, durante uma conversa, num resto de noite que antecedia a partida, desabafei:

— Sei não, Zé. Estou preocupada com a sua mãe. Nossos filhos não são exatamente o tipo de criança que ela anseia por receber...

— Imagine. A mamãe adora crianças.

— *Caramelizadas* – frizei.

Ele riu. Eu cedi. Rumo a mais uma desventura sem volta.

Sair com criança pequena não é bolinho. E se a escapulida incluir estrada, colega, aí danou-se! Pois a epopeia começava cedo. Bem antes, levando em média um dia e meio só para ajeitar a charanga. Com tralha de tudo que era jeito. Sacos de brinquedo pra cá. Cacarecos de piscina pra lá. Roupas de frio. Calor. Galochinhas. Chuteiras. *Havaianas*. Sem falar no kit básico de *UTI-móvel-neonatal*, com remedinho pra ziquizira que fosse. Do Mel Rosado ao Rivotril, devidamente catalogados e paramentados de bula, seringa e dosador. Mercado. Farmácia. Mais mercado. *Padoca*. Sacolão. Mas bastou ligar o carro pra criançada morrer de fome. E o que um quer, o outro não gosta. E se agradar todo mundo, pode apostar que esfarela, fede e mela que é uma desgraceira, *creindeuspaitodopoderoso*...

Tudo pronto? Ótimo. Hora de relembrarmos alguns procedimentos básicos de sobrevivência interestadual.

— Já fizeram xixi? Não? Pedro, sem essa. Banheiro, *tô mandando*. Você também, *pituca*. Dá a mãozinha, mamãe ajuda... Pedro? Nas minhas begônias, não... *Zé!...*

Primeira parada: casa da minha mãe, pra descarregar bichos e troços. Mas, antes que algo desse muito errado, achei por bem rematar.

— A arca de Noé *tá todaí*, né?

— Todinha — respondeu o Zé. Feliz da vida.

— Certeza? — melhor conferir que perder a viagem.

— Absoluta. Eu mesmo chequei. Um por um.

— Ah, é? *Quedê a Loira?* — era o Pedroca, soando o alarme, há muitas e muitas quadras de casa. Detalhe: a Loira era a nossa calopsita. Herança dum vizinho gente boa.

— Zé, você não se esqueceu da Loira, esqueceu? — azedei.

— *Putz...*

— *Zé!...*

— Juro que peguei a *maldita* gaiola. Não sei onde pode ter ficado...

— Na área de serviço — disse o menino. — Levei de volta.

Mentira?! Vontade de catar os dois pelos colarinhos. Filho e pai. E fazer suco. Sem gominhos.

— Apostei com a Mafê – o Pedroca ainda teve a pachorra de explicar.

— Quem ganhou? — preocupação esdrúxula do pai. *Homens...*

— Isso importa, Zé? – ralhei.

Assim começou a cantoria no banco de trás, *A Mafê perdeu-eu, a Mafê perdeu-eu-eu-eu. A Mafê...*

Resumo da ópera: devorteio no trajeto. Mais um tanto de trânsito. Dois semáforos quebrados e... *lar-doce-lar.*

— Beleza. Vou buscar a Loira. Alguém esqueceu mais alguma coisa? — perguntou o pai-paciência-em-pessoa, que foi *num* pé e voltou no outro.

— Cadê a chave de casa?

— *Num tá contigo?* – desacreditei.

Automaticamente nossos olhares convergiram pro *sarrafo de gente*, que se defendeu cruzando os dedinhos:

— Nem vi. Juro, mãe — beijando as articulações. — Pela sua alma amordaçada e esquartejada atrás da porta!

Cruzes! Simbora revirar tudo quié canto. De fato. Nem comigo, nem com eles.

Toca descer os bichos. As malas. As bolsas. Travesseiros. Brinquedos. E ir despejando tudo na calçada. Bem quando o Chuleta fugiu. Com a Mafê na cola. Que caiu, rolou e escangalhou os dois joelhos. Veio gente de longe acudir. Teve até nego trepado em banquinho pra ver de perto o ocorrido. Só faltou a pipoca pra assistirem à cena. Tudo por conta duma chaveta *besta*. Que mais tarde apareceu. Num bolso. Do Zé. Óbvio!

A romaria recomeçou: abri a casa. Peguei a gaiola. Devolvi ao carro. E depois de tudo, ninguém queria sair de casa. Por quê? Porque as benditas crianças estavam com fome. *Não é possível, virgesanta,* não pode ser...

Nem tive pressa: lembra da calopsita que acabei de acomodar? Pois é. Desci, mais uma vez. Assim como os cachorros. E voltei com a tropa pra dentro, a fim de alimentar o bando. Claro que precisei baixar umas malas, também. Sabe como é, né? Trocar fralda sem pomada, não dá. Empereba com força e pra sempre. E o melhor era acabar logo com isso. Pra começar tudo de novo.

De volta ao carro e a utopia da primeira parada.

— Não esqueça dos remédios do Beiçola — sublinhei à minha mãe.

— Que remédios?

— Os que estão na sacola de ração.

Silêncio.

— A bolsa grande. Aquela que o Zé te deu.

Silêncio ainda e ainda. Seguido de algum estranhamento.

— Zé???

— *Putz...*

Parece até mentira, eu sei. Mas, aconteceu. Juro procê. Pra encurtar conversa, lá se foi a *família dos couves tudim* novamente, em peregrinação. Buscar ração. Remédios. Para tornar à minha mãe novamente. Dessa vez, nem desço. Entrego pela janela. Que é pra não desligar o carro.

Viagem retomada. Tocamos, sem sequer olhar pra trás. Duas quadras. Três. Então, voltamos. Porque o Pedro tava a ponto de bala, doidinho pra fazer *pipi...*

Sei que o tempo passou. E a gente ali, no carro, cozinhando. Nada desse menino voltar. Fui atrás. Encontrei-o deitado de costas, brincando tranquilamente no celular enquanto beliscava um pedaço quente de bolo de cenoura. *Whatafuck?!* Vontade de partir em dois e rechear com farofa de macumba. Mas começava a chover grosso. *Catei logo pelas orelhas.* Zarpamos.

Próxima parada, estrada. De preferência, bem depois de Juquiá. Até teríamos conseguido, se não fosse o pé-d'água, que lembrou que eu não havia fechado a janela da sala. *Ou, havia?* Na dúvida, regressamos. Quer saber? Estava aberta. Tudo bem que era uma frestinha de nada. Mas vai que chove de lado três dias sem parar... *Viu que sorte?* Por fim, decidimos dormir em casa e tentar no outro dia. Chato foi buscar o Chuleta de madrugada na minha mãe. Acontece que o Pedroca não dorme sem ele. *Enfim...*

Não pense que foi fácil madrugar. Ainda assim, saímos. E, dali em diante, a epopeia transcorreu sem maiores incidentes.

Até que a Mafê vomitou pouco. Umas cinco ou seis vezes, na ida. Sete ou oito, na volta. Afora as paradas pro sorvete, milho, cocô, xixi, cocô de novo e xixi *traveiz*. Entre uma parada e outra, o ambiente do carro estava longe de parecer tranquilo. Porque menino que brinca, cansa. Aí, encrenca com a irmã. Que perturba de volta e bate nele. Depois, apanha. Feio. E eu brigo com os dois. Que choram. Pois é. Oito horas e meia de mais do mesmo. Com um único

CD. Da Galinha Pintadinha. *Triste, né? Putaquipariu. Nem me fale...*

Para desopilar, só metendo o pau no povo. Daí que sobrou pra parentada toda do marido, enquanto as crianças dormiam. Não escapou ninguém. Eis os nomes e os respectivos qualitativos:

Tina, a magrela. Feia pra danar. Parecia uma perna de cadeira. Irmã mais velha do Zé. E comprida feito um varapau. Já a Júlia, caçula, era redondíssima. Na escola, foi gentilmente apelidada de *caçapa*. Com justiça. E por último, mas não menos importante, Ocílio. O noivo. Motivo de toda aquela presepada.

A vontade foi de pisar no freio e dar meia volta. Mas a placa não deixava escolha: estávamos próximos de aportar. *Fazer o quê*. Melhor sacudir as crianças e enfrentar.

— Seguinte, *macacada*: estamos adentrando os domínios da vovó Ane. Sendo assim, vê lá o que vão aprontar, hein? Principalmente você, mocinho! Que foi que a mamãe te disse? Nada de bagunça, xixi com a porta aberta, comer com as mãos, falar de boca cheia... E não quero saber de bicho de rua dormindo na cama contigo, estamos entendidos?

— O resto pode? — perguntou o atrevido.

— Depende. Provavelmente, não. Mas pergunte antes, *tá bom assim?*

— A vovó é chata? – quis saber a pequena.

— Às vezes — fui sincera. E o maridão veio em socorro.

— Imagine, princesa. Tá certo que não é nenhuma fada madrinha — contemporizou. — De qualquer forma, é a avó de vocês, oras bolas...

Então, vamos à chamada...

— De novo? Que saco! – reclamou Pedrão.

Como nenhuma boa-vontade poderia vir do banco de trás, dei de ombros. E comecei.

— Vovó?

— Anelise — cantaram os dois em jogral.

— Tio?

— Ocilio.

Que vai casar com...

— Tia Melody.

— E tem a dupla caipira: Curisco e Mandruvá. Que são...

Risos da criançada, que sabiam de quem eu estava falando:

— Tia Tina e tia Júlia.

—Tia Tina é mulher do tio...

Ops... Essa ninguém sabia.

— Androaldo – tentou o menino, bastante entediado.

— Não, doido! Esse é o seu avô.

Gargalharam. Enquanto eu corrigia:

— Esse é o tio Alexandre, *quié* o santo que atura a tua tia. *Tadinho...*

— Mas que implicância – ralhou o Zé.

Pronto. Pegou corda. Melhor não estender.

— Será que esqueci alguém? – perguntei, mudando estrategicamente o rumo da conversa. — Zé, cadê a foto das bodas dos seus pais?

— No quebra-sol. Talvez. Vê aí...

Estava lá. A cópia amarfanhada do congraçamento familiar.

— Vejam, meninos: a vovó, tio Ocílio...

— Mamãe, quem é a tia Mandruvá?

O Zé só me olhava, querendo trucidar. Então, flertei de volta.

— Ninguém, *morecos.* Brincadeirinha da mamãe...

Bem quando estacionamos. Às cinco em ponto. Em frente a um vistoso casarão colonial coral e branco, residência oficial dos Agostini Machado.

25. TIA JULIA

Chegamos com a tarde alta. E vovó Ane não estava.

Melhor. Cerimônia dos rapapés postergada para depois do jantar. O que facilitava bem as coisas. E o Tio Ocílio veio ajudar o papai com as malas, *Vão entrando. A Júlia está na sala...*

Entrar? Sozinha? Foi me dando um branco de repente...

Não vai doer nada, lembro de ouvir o Zé prometer. E eu acreditei. Mas mudei de ideia rapidinho, assim que as famosas portas do suplício se abriram.

— Cunhada!

— Oiêeee! — essa fui eu. Que mais não disse, ocupada como

estava em manter o sorrisão estatelado.

— Querida, há quanto tempo! E quem é essa coisinha linda da titia?

A Mafê, com cara de *não-te-conheço* e *com-certeza-vou-chorar-se-tentar-algum-contato*, escondeu-se atrás de mim e repetia baixinho:

— Sai Mandruvá. Sai Mandruvá...

Tentei disfarçar:

— Fale *Oi* pra titia, meu amor...

Mas minha cunhada era insistente e se embrenhou em meio as minhas pernas, *Cadê o nenê? Cadê?*

Quando o Pedroca apareceu para ajudar:

— É a tia Júlia, Mafê. A barriguda da foto, lembra? A tia *caçapa*...

Quis morrer. Forjar uma embolia. Abdução. Surto psicótico. Gazes. Qualquer coisa. Infelizmente, como nada me ocorreu, alonguei ainda mais meu tosco sorriso amarelo e improvisei.

— Olhe quem está aqui! Lembra do Pedrinho, tia Júlia? Cresceu, não? Cumprimente a titia, meu amor...

Mas antes que a sujeita se refizesse e cuspisse uma maldição qualquer sobre a minha prole linguaruda, pinoteei casa adentro. Rumo aos quartos.

— Casa linda, Julia! *Benza Deus*...

E onde estava o Zé quando eu mais precisei dele? Sumiu. Óbvio. Parece que metido pelos cantos. *Felizildo da Silva*. Ajudando num churrasco.

Não quero saber! Liguem pro seu pai. Avisem que é hora de revezar. Ele fica com vocês, enquanto eu rezo. Um terço. Pelas almas. Vai que uma delas se cansa de rir da minha cara e resolve dar uma forcinha. Pra variar...

26. VOVÓ ANELISE

Pensa que acabou? Qual nada. A noite estava apenas começando.

Hora de ir ao encontro da sogra.

Adivinhe. Eu e os dois. Sozinha. De novo.

Lá fomos nós. Ter com ela. Vovó Anelise (que não devia ser *Ane* coisíssima nenhuma, se uma de suas irmãs era Romilda e a outra

Rosilda. Mas, pra todos os efeitos...). A pose era duma *Catherine Dneuve*. Só que presbiteriana. E um pouco mais cheinha. Enrugada, também. Debruçada sobre sua penteadeira provençal do Brasil República. Maquiando e escovando. Num monólogo de diva. Que podia durar horas. Dias. Semanas.

— ...e seu avô Androaldo era tenente-coronel — pausou, aguardando os aplausos. Que não vieram. Enquanto isso, a gente tropicava, cochilando em pé. — Você sabe o que é ser tenente-coronel, não sabe, *mon petit*?

Mon Petit? O Pedro? Essa foi boa. Queria ter gravado...

Se estava chato pra mim, imagine pros pequenos. A Maria Fernanda há tempos ressonava, escorada num pianão de calda que a velha mantinha próximo à cama. Já o Pedro, seguia firme e forte. Nem piscar, piscava. O que não podia ser bom sinal. Normalmente não era.

E a senhora retomou o discurso:

— Ah, sim. Onde estávamos... — esticando mais um tanto de base sobre o rosto, numa generosa demão de corretivo.

— Seu pai nasceu na Bélgica. Sabe onde fica? Claro que não. Viu, Gabriela? Entendeu porque insisto numa educação integral? E digo mais: internato. Em colégio militar. Criança precisa de limites. Pra não acabar *assim*. Feito bestinhas sem lastro...

Pausa pra colocação dos cílios. Primeiro dum lado, comprimindo o adesivo contra a pálpebra e esperando pacientemente a cola secar.

— Fala francês? — perguntou ao menino. — Alemão? Aposto que inglês você fala. Essa língua de colonialistas...

Seu único olho finalizado cravado na criança. Então, voltou-se ao espelho. Recomeçando do início. Dessa vez, do outro lado. Mais cola. Aperta, segura, pisca-pisca-piscando.

Ele até que aguentou muito antes de perguntar:

— *Quié* que a senhora está fazendo?

— Isso é maquiagem, *mon infant*.

— Pra quê serve?

— Ora, meu filho! Para tornar as mulheres mais interessantes. E, sobretudo, devolver-lhes a juventude. A sensualidade.

Seus olhinhos procuraram os meus. Estava pensativo quando comentou, meio que em particular.

— Mãe, você vai contar pra ela?

— O que, filhote? – vestindo novamente meu afamado riso amarelo, que, ao que tudo indica, viraria uma espécie de uniforme oficial pelo tempo que durassem os folguedos.

— Que a maquiagem da vovó tá com defeito — E acrescentou: — Avisa o papai. Se for pilha, ele troca...

Por acaso já viram dupla melhor que mãe e filho? A gente pensa. E eles falam. Adoro esse meu moleque. Simplesmente A-DO-RO.

27. A NOIVA DO OCÍLIO

A casa fervilhava em função dos últimos preparativos. A cerimônia. A festa. Tudo acontecendo a poucos metros da piscina, onde a vista era deslumbrante. E a carreata dos decoradores, floristas e fornecedores só fazia engrossar, deixando claro que os serviços entrariam madrugada afora. Bem como o nosso churrasco, cuja atração principal incluía meu cunhado, o Ocílio, desmanchando de bêbado. Escorado num, imprensado noutro. Quando não se punha a repetir, de garrafa em punho, Esse casório s*ai ou não sai? Então, chispem daqui! Se demorar eu fujo*, hein?...

Durante boa parte da noite, deixou-se ficar assim, a meio mastro e trançando que nem peru de véspera. Se ralhavam com ele, respondia, malcriado, Não amole! O casamento por acaso é seu? *Bem capaz...*

Melhor era a noiva que não entendia bulhufas. Ciscando atrás do pobre e chamando por ele o tempo todo, *Oncillon! Oncillon...* É. A noiva era importada. Assim como o arenque, uma das estrelas da comemoração. Direto da Noruega. Os dois. Se conheceram na faculdade. O *Oncillon* e a noiva, claro. O arenque foi indicação dum dos *chefs. E que cara boa, viu?* A do Arenque. Já a do *Oncillon...*

Melody era o nome da escolhida. E ao que parece, obteve a aprovação maciça da família. Principalmente da ala masculina. Eu explico: a fulana era dotada de qualidades avantajadas e pungentes que não passavam despercebidas a ninguém.

Não sei como a pobre ainda tinha coluna, nem que raios de cálculos matemáticos eram esses que a mantinham ereta. Fato é que a tal gringa era um espetáculo: que peitões, *deusducéu*!

Ao lado dela, éramos todas ridículas. Mesmo eu, depois de dois filhos, duas próteses e alguns muitos quilos acumulados, perdi por completo o enchimento. Parecia uma impúbere seca e invertida. Já que a polaca desfilava de *skol litrão*. Uma ofensa pessoal direta às demais damas no recinto.

Recapitulando, era noivo tropicando à frente, com noiva zanzando atrás, feito boba. E um séquito de padrinhos uivando em volta. Mas a parentada que se lixe. Meu problema maior era a Mafê. Só eu sei a trabalheira que foi desmamar essa menina. Tive medo de que a simples visão das tetas infladas da moça motivassem uma recaída. Afinal, não fazia nem seis meses que entendera o recado. *A fonte secou, bela! Quer? Vai mamar na vaca...*

Dito e feito. Foi sentar os olhinhos na comissão de frente da *cabrita*, pra que seus sonhos mais secretos se concretizassem, *MA-MÁ!*

Foi terminante. Amor eterno e incondicional. Era procurar por uma e se deparar com duas. Com a Maria Fernanda a postos. Aguada de dar dó.

Nem na cerimônia deu sossego. Passou metade da festa sentada no colo da galega, esfregando as mãozinhas enquanto pedia, *Dá tete, dá? Dá?...*

E quando fui buscar, não vinha.

A outra quis saber o que acontecia e tratei de explicar, *Breast milk, compreende? My baby is chegadão num breast milk... nhaminhami...*

Num repelão o Zé me reprendeu.

— Credo, Gabi. Que *embromation sofrência* é esse?

— Melhor assim, *Darling*. Mil vezes capiau ignorante à mãe de tarada infantil com propensões esquisitoides. *Eu, hein...*

Lá pelo meio da tarde serviram o bolo. E sobrou só a sogra agradecendo pelas visitas, porque os noivos já tinham sumido há horas. Aproveitamos a deixa e voltamos. Pelo mesmo caminho que viemos.

28. MANHÊ, COCÔ!

E a vida retomou seu curso.

O que, no meu caso, incluía trabalho, mais trabalho e um tantinho extra de perrengue e correria. O Pedro ainda encabeçava minha lista de pendengas. Numa urticária danada.

Noite dessas, bem quando finalizava uns croquis, ouvi ele gritar.

— Manhê, cocô!

Até aí, nada de novo. Se não viesse do Pedro. Com oito anos de idade.

— Cuméquié, garoto? Se vire!

— Num dá. Tenho nojo.

Do próprio cocô???

— É que se eu limpo, sempre sobra um *troquinho*.

— Limpe de novo.

— Quantas vezes?

Continuou lá. Calças arriadas pelo joelho. Aguardando um número.

— Sete — chutei.

— Só?

Queria o quê? Uma dízima periódica composta?

— E o papel? Dobro, como?

Pensei em sugerir um pássaro Tsuru de origami. Mas me contive, *Tenha a santa paciência, né, filho?*

Na mesma hora virou o popozão pra minha fuça e assim ficou, sem se mexer:

— Finaliza aí, vai?

Esse aí veio bichado. Só pode. *Jesuissssss!*

29. RATEANDO AS CRIANÇAS

— Gabi, a gente precisa conversar.

— Mãe, tô num cliente.

— Qual seu problema comigo?

Essa era minha mãe. Insistente e inoportuna. Ainda assim, a minha mãe.

Do outro lado, eu. Toda encorujada num canto da mesa de trabalho, onde outros me aguardavam pra mais uma discussão de projeto.

— Não dá pra falar – sussurrei, celular quase na glote.

Mas, pra ela, não importava.

— Você deixou as crianças com a ELIS na quinta, em vez de AQUI, COMIGO!

— Mas, mãe...

— Quinta é o dia de quem? Refresque a minha memória. *Só preu saber...*

— Seu dia, mamãe.

— Exatamente. Quinta é o dia da SUA mãe. E SUA MÃE SOU EU. Mas, em vez disso, as crianças foram para a casa da SUA SÓCIA, logo, tenho todo o direito de saber: QUAIS SÃO OS SEUS PROBLEMAS COMIGO?

Ok. Hora de botar em campo a mente focada e bipartida das trabalhadoras confiáveis com matriarcas paranóicas. E respondi a ela, *Nenhum problema, mam*ãezinha: essa semana, se quiser, as crianças podem dormir *com você todas as noites, bom assim?* Ao mesmo tempo que sugeria aos colegas de equipe, *Melhor revermos o posicionamento desse duto de ar, mais fácil ainda se transferíssemos* o equipamento *da sala pro quarto do casal. O que acham?*

Mas na sequência, tive que explicar, Não mãezinha-*querida, isso não configura abandono de incapaz. Se não quiser, é só dizer e pronto*, enquanto defendia o meio campo, *E daí que envolva um pouco mais de mão de obra? Melhor quebrar agora, que chorar depois...*

Já viu isso? Loteamento de filho em meio a planejamento de obra. Pois é. Minhas crias, minha mãe, meu mundo. Contando, ninguém acredita.

É fogo, viu? Ou melhor, é fria.

30. UMA NOITE COMUM

Adivinhe só?

Mais uma do Zé. Claro. Naquela noite, encontrava-se especialmente *ouriçado*.

Quando vi, estava lá. Trançando as pernas sobre mim e se achegando. Todo-todo. Sem tempo pra maiores rapapés. Verdade seja dita, com criança em casa, só assim. Na base do pegar ou largar. E nós pegamos. Forte. *Ai que dilícia, virgesanta...*

— Manhê! — Era a Mafê. Com seu incrível senso de oportunidade. *Justo, agora, filhinha?*

Shiuuuuuu. Ignora que ela esquece, sugeriu o Zé. *Pai tem cada ideia...*

— Fiz cocô — berrou a menina do seu quarto.

— Você já sabe se limpar: *dobra-dobra e passa-passa*. Depois, cama — ordenei, tentando conter a respiração.

Silêncio completo e absoluto. Sem contra-argumentação. *Yes!* Parece que colou.

Assim, demos um *play*. Voltando ao que estava em suspenção.

— Manhê!

Jesus, Mafê! Você? De novo!

— Vem olhar se ficou bom?

— Ficou ótimo. Deu pra ver daqui ...

— Ficou nada! – *Perfeito*, mais um pra se somar à cena. O Pedro. Em pé ao lado dela e apontando. — Tá melado aqui e aqui e ali, também... sua porca!

— Ele me chamou de porca!

Suspirei. Esperneei. E sorri. *Fazer o quê? Chorar?*

— Tô indo — disse, carcando os pés nos chinelos.

E quanto a gente?, suplicou o Zé, sem saber o que fazer com todo aquele seu *entusiasmo*.

Dá dois minutinhos, era o meu discurso de praxe, antes de regressar quase duas horas depois. Se é que regressava. Criança é polvo, gente. Com tentáculos imensos e ventosas anestésicas. Seção cefalópodes. Devidamente catalogados como *krakens Gigantuns*. Criaturas temíveis que afundavam navios piratas, lá pelo século XVI.

Mas naquela noite eu voltei, *Onde foi que paramos, mesmo? Ah, lembrei! Esse braço cê passa pra cá. Aquele, põe pra* lá. Agora, sobe *um pouco a perna. Não. Subiu muito. Desce...*

Bem na hora do beijão, justo quando a mão dele apalpava a ponta do meu...

— Num consigo dormir — gritou um.

— Nem eu — firmou o outro.

Daí os dois, juntinhos, *Manhêee!...*

De nada adiantou mandar rezar, contar carneirinhos, nem brincar de *vaca amarela pulou a janela*. Pois é. Lá se foi mais uma noite de agradável prática desportiva ralo abaixo.

Dito isso, outra vez, lá fui eu. Com o Zé sambando de raiva sob os cobertores. *Ficou com dó, foi?* E de mim? Ninguém tem. Aposto.

Então: *a chapeuzinho trombou no lobo faminto que abriu o maior bocão e engoliu numa triscada a menina, a vovó, o caçador metido a besta e um cobrador de impostos que biscoitava pela região. Pronto. Fim. Todo mundo dormindo. É um,* é dois e é...

— Que cobrador de impostos? — quis saber a menina.

— História mais idiota – reclamou o menino.

É o que temos pra hoje: *Hans Christian Anderson* está de férias, na Bahia, e essa noite tratou de se recolher cedinho. Coisa que há muito deveriam estar fazendo. Sendo assim, beijo na testa e cada um em sua caminha. *Hashtag saída estratégica em disparada pela direita. Fui!!!*

31. UMA NOITE COMUM – PARTE 2 – A REVANCHE

Àquela altura, sabia que dificilmente o universo conspiraria a meu favor. De qualquer modo, antes de voltar ao quarto, levei dois ou três minutos no banheiro. Aproveitei pra lavar o rosto em água fria, porque a cara amassada estava de doer. Pior ainda era a camiseta desbeiçada (*lingerie sexy, onde?* Lá se iam muitos anos de escovas ajuntadas, *baby*. Sorte não ter a cara do *Alkmin* e um *vote 45* impressos nela). Dito isso, mandei ver numa entrada sensual.

Pra *chongas*. O Zé dormia. Acho que até adormecera antes das crianças, pelo tanto que babava. Quer saber? *Tô nem aí.* Missão dada é missão cumprida, compadre. Sendo assim, puxei o edredom e fui encaixando. Mordiscando uma orelha aqui, um pescoço acolá. *Mulher luxúria se apresentando aos serviços, senhor!* Enquanto isso, meu viril esposo espalmava a esmo, espantando o encosto que insistia em baixar. Foi quando grudei. Mais. Sinuosa. Toda me esfregando nele, lotada de vontades e intenções descabidas pruma senhora-mãe-de-dois. Dessas inconfessáveis, mas que fazem um bem danado ao espírito. Ao corpo, então...

E como preliminar é coisa pra homem paciente, voei pra cima dele sem mais. O que fez com que o bicho acordasse num safanão violento. E não foi pra menos. Até eu assustei quando vi que estávamos prensados. Com um *corisco* de guarda em cada lado da cama. Já detinham, inclusive, o controle remoto em mãos, com a TV ligada nas alturas, num desenho bobo dum patinho idiota qualquer...

Daí o Zé virou de lado e roncou. O sonso. *Assim fica difícil, concorda comigo?*

Quanto a eles, foi um Deus nos acuda. Os dois ali, de olhinhos iluminados e deixando-se amontoar um sobre o outro do jeito que desse. Lembro de ter tirado um pé do meu pescoço e dois dedinhos que teimavam em cutucar-me os ouvidos. Estava pra desistir, quando finalmente cochilaram, seis episódios mais tarde. Já eu, demorei mais um tantinho. Explico: não dava pra dormir sem saber do paradeiro dos *muffins* do patinho. Estúpido. Eu sei. *Tava na cara.* Foi o elefante. Taí. Nunca confie num mastodonte bonzinho cor de rosa. Nem em pandas metidos a besta. Coelhinho tagarela? Piorou. Definitivamente. Esqueça!

32. A SETE CHAVES.

A semana passou morna. Nada de sexo na família Machado. O mês todo, inclusive. E a gente foi perdendo a prática em finalizar. Mas um casal tem que fazer aquilo que todo casal tem que fazer. *E de hoje não passa*, comemorou o Zé, certo dia, assim que chegou em casa.

Sei não, viu? Aprendi a não cantar vitória antes dos pênaltis. Mas já que tentar faz parte do negócio, dei início ao processual: banho nas crianças, lanche reforçado e cama. Até colocar as crias juntas, coloquei. Simpatia, talvez. E fui deitar. Conforme o combinado. A esperar pelo Zé, que feita a revista nos quartos, chaveou a porta.

— Tem certeza? — questionei. — Não me parece boa ideia trancar as crianças pra fora.

— Relaxe. Abro assim que acabarmos. Não vão nem perceber, estão capotados.

— *Se você diz...* — sosseguei.

Ou quase. Porque mãe é bicho sensitivo. Daí meu grande remorso: saber que vai dar bode e ainda assim embarcar nos desvarios mirabolantes do Zé.

Por ironia do destino, sugeri, no maior tato do mundo:

— De qualquer modo, deixe a chave fácil. Num lugar seguro, ok? — eu e minha grande boca.

Lugar seguro, é?, pensou ele, lembrando logo do blazer. E pôs no bolso. Daquele. Marinho. De *tweed*. Seu preferido, inclusive. Um curingão boa praça, que só faltava falar, pois tenho certeza que há muito andava sozinho.

E de volta aos *esquentas* nupciais... Custei até para acreditar, mas preciso admitir que a noite foi ótima. Pena que curta. Curtíssima. Já que o Zé teve de sair de madrugada, rumo a Brasília. Lindo e confortável no seu blazer de *tweed*. Aquele. Azul. Marinho.

Enfim. O dia amanheceu seco. Com sol alto e ameaça de fortes pancadas de chuva por toda a região. Era melhor pedir à Tatinha que andasse logo com os cachorros, antes que os pestinhas acordassem. Depois não haveria folga. Por falar nisso, *quedê eles*? Silêncio e silêncio ainda. Comecei a estranhar.

Até que a Tatinha apareceu, desembestada:

— *Os meninu qué* tomá café, *dona Gabi.*

Até que enfim.

— A mesa está pronta — sublinhei. — Fala pra eles virem.

— *Uai! Como? Se a porta tá trancada...*

Um flash estourou a minha frente, *A chave!*, enquanto escalava aos pulos os degraus duma infinita escada em curva.

— Abre, mãe! A gente quer sair — ouvi reclamar meu menino.

— Por que não sai, filho? — fingi de sonsa pra ganhar tempo. Enquanto isso, discava freneticamente, *Anda, Zé. Atende essa merda de telefone!...*

— Nundá! A porta tá trancada!

— Trancada? *Jura?* Bobagem. Emperrou, com certeza...

— Quero sair! – vários chutes se seguiram, atestando imensa boa vontade.

— Credo, menino. Calma — bem quando a Mafê emendou num choramingo. A princípio, baixinho. Depois, um pouco mais que isso, enquanto meu coração esfarelava a olhos vistos.

— Que foi, filhota? Não vê que é brincadeira do seu irmão...

Voilá: o Zé atendeu. Antes, catei a Tata pelos colarinhos e implorei, *Enrola eles.* De volta ao celular, fumeguei o maior esfrega que poderia se abater sobre um único vivente, *Zé! Como pôde? A porta, porra! Você esqueceu de destrancar a porta!*

E emendei, *Diz onde está. Eu pego...*

Primeiro ele bateu no bolso, depois na testa, *Fudeu!*

Nem esperei ouvir mais nada. Arrastei-me para atrás da porta e para junto da Tatinha, a quem supliquei, baixando a zero o tom de voz, *Um chaveiro, A-GO-RA!*

— Abre, manhê! — ordenou o menino lá de dentro.

— Claro. Assim que adivinharem a senha.

— *Senha? Que senha?*

E aí, Tata? Nada?

Ao que ela devolveu, Tão vino, dona Gabi. *Tão vino...*

— Quantas letras, manhê? — era o Pedro, entrando na brincadeira. — Sou ótimo nisso!

— Deixa eu pensar...

Tata, eles chegam em quanto tempo?

Fez que não sabia. Vinte minutos. Talvez menos. Talvez mais.

— Manhê! As letras?

— Ah, tá. Lembrei. Quarenta e cinco.

— Quarenta e cinco? É russo, é?

— Nome dum filme. E tem que saber o gênero. Se acertar o diretor ganha um pedaço extra de bolo com cobertura. É pegar ou largar...

Deram com os cascos na porta.

— Anda, gente! *Bora brincar...*

33. DONA EDGARDINA

Tá. Admito. Não sou flor que se cheire. Mas a família do Zé tão pouco agregava. Tinha sempre alguém de bico virado. Ovo atravessado. Exceção, mesmo, só a bisa. Edgardina. Viúva do finado Sinval. *Deuzotenha...*

Velhinha com pinta de fofa. Capaz de passar horas quieta em seu cantinho admirando o nada, para, de repente, desembestar matraqueando. E no auge da veemente tagarelice, lançava mão do seu bordão característico, *E o beijinho da bisa? Quedê?...*

Todo início de ano, a mesma coisa: dona Edgardina deixava a sossegada Porto Alegre em troca de uns dias aferventados conosco. E a receita variava muito pouco, quer ver só? Primeira semana de março. Quarta feira. Voo direto com chegada às 10h30. *Batata.* Era procurar sem medo, que a bichinha estava lá. Cheia de malas e presentes. Daí, era tocar direto pra casa, onde a festa continuava.

As crianças adoravam a companhia da senhora de temperamento fácil e gentileza descomunal. Também pudera, era a plateia perfeita pros desfiles e shows da Maria Fernanda, além de ser a única com paciência suficiente pra acompanhar as maratonas *Star Wars* do Pedroca.

Verdade é que gostavam muito dela. Por isso, não estranhei quando cataram sucos, biscoitos e embodocaram juntinhos, os três, esparramados em frente à televisão. Até que ela pediu:

— Ana, guri. Põe na Hebe?

— Quié isso, bisa? — quis saber o menino, com certa dificuldade em decodificar a informação.

— Um programa, querido. Liga lá, vai? Na Hebe.

— Ah, tá. Tipo um *reality show*?

— Isso, mesmo. Um show...

— De quê?

— Variedades — explicou ela.

— Variedades não tem – respondeu o menino. — Ou é concurso gastronômico, ou de música, ou daqueles pra ver quem fica com o emprego, quem sobrevive na selva, quem perde peso mais rápido...

— A Hebe perdeu peso, é? *Que danada...*

Exato instante eu em que eu passava pela sala, interrompendo a conversa descabeçada deles dois:

— Põe na Hebe, põe filhinha...

— Não dá, dona Dodô. O caso é que... — tentei explicar, mas quem disse que ela deixava?

— Saiu da TV, foi? Num me diga que voltou pra rádio. *Barbaridade...*

— Não exatamente.

— Cinema? Teatro de Revista? Chanchada de cabaré?

— Acontece que a Hebe não trabalha mais, dona Edgardina...

— Aposto que casou — deduziu a senhorinha. — E foi com o Ivon Cury, não foi? Acho ele um pedaço! E isso sempre acontece. Primeiro casa, depois não deixa mais a pobrezinha trabalhar. *Dá nos nervos, viu?* — e emendou: — Ai, que bronca desse Ivon Cury... Também, pra quê tanto beijo técnico, Deus do céu?...

— Ivão, quem? — divertiu-se o Pedroca. E mais não disse, já que eu repliquei:

— Ela casou, sim. Há anos e anos atrás. Mas depois... enfim... bom... — já não sabia como terminar.

—

Morreu. Pronto. Falei — obrigada, meu filho, pela sua sempre sensível contribuição.

— Quem? O Ivon Cury?

— A Hebe.

— Quando? No parto?

— Que parto, o quê, bisa?! — entregou o moleque, fuçando no celular. — Morreu de velha, mesmo. Tá escrito aqui, ó — às vezes, acho que criança não tem coração. Sério.

— Ah, tá — aquietou-se a pobre, murchando-se.

Deu até dó. Tanto, que resolvi buscar um mate, deixando os três sozinhos por cinco minutos, se muito.

Tempo mais que suficiente para ela retornar.

— Pedro, querido. Põe na Hebe, põe, meu amor.

O Pedro, a princípio, estranhou. Depois, deu de ombros e ligou na *MTV*. Num vídeo qualquer da Britney Spears. Que a bisa, a propósito, adorou.

— Viu, só? Morreu nada! Futrica da oposição. E o tanto que essa Hebe rebola. Mas, *bah... Fogueteira ela, nénão?*

Mas logo se esqueceu da TV e, voltando ao roteiro habitual, abriu um sorrisão enorme e desafiou, *E o beijinho da bisa? Quedê?...*

34. CONVENCIMENTO

Minha vida era bem essa: trabalhando dia e noite. Fora a casa todinha pra cuidar. Mais supermercado. Feira. Cachorros. Gato. Papagaio. Amiguinhos dum. Amiguinhos doutro. E, por último mas não menos trabalhoso, o Zé. Insistindo num *terceiro* filho.

Oi? É comigo? *Pois nem de plástico, companheiro. Acorda pra cuspir, rapaz! Se orienta...*

— Mas é tão bom – teimou ele.

Vontade de ajoelhar, enquanto me benzia e batia a cabeça na madeira, *Deus me livre!...*

Em vez disso, fui didática:

— Bolo de fubá é bom. Ganhar na loteria é bom. Vestir um jeans trinta e oito é tudo de bom. *Outro filho?* Graça nenhuma.

Pensa que ouvia? Qual nada.

— Ah, vai...

— Não.

— Diz que sim...

— Nunca.

— Por que não?

— Zé, olhe pra mim: quantas mãos eu tenho? E tetas? Duas, né? Pois é. E já foi tudo loteado. Metade do menino, metade da menina. Mais que isso, não dá. É antinatural!

Acontece que criança é um bicho tão fofo, e eu uma bicha tão besta e mole, que demorou nada e eu já voltava a suspirar, *Outro bebê... Estou, mesmo, pensando em ter outro bebê? Acho melhor alguém me internar...*

Então, nos deparamos com o primeiro obstáculo: emprenhar. Parece até brincadeira, né? *Antes fosse.* Com dois não sobra tempo pra *nhenhenhê* pelos cantos. Quer? Tem que ser prático. É ripa na chulipa, *negão. E pimba na gorduchinha...*

Foi assim que começaram as malditas ligações entrecortadas.

— Tô ovulando — e ovulou, pegou. Por isso, ou ele largava tudo e vinha correndo prestar atendimento, ou só na próxima virada da lua. E sexo, depois de uma certa idade, a gente não costuma enjeitar. Nem pode. Com tanta gente passando fome por aí, chega a ser pecado, né? *Poizentão...*

Por falar em cama, se livrar do escritório era a parte mais fácil da missão. O problema é que ele não podia chegar em casa, assim, de mãos abanando. E errou quem pensou em arranjos de orquídeas ou bombons de chocolates. Pois eu precisava, no duro, era de uma santa protetora: mãe, sogra, tia da perua ou qualquer conhecida de porta. *Tá vendendo Avon, é?* Jura? Pois fico com dez potes jumbo de qualquer troço em promoção se prometer olhar as crianças direitinho por quinze minutos. *Vinte potes?* Não?! *Bancando a durona, hein?...*Trinta. Mais um kit de gloss e sombra. É minha oferta final. Mas quero os dois almoçados e trocados pra escola quando o *furdunço terminar. Dou-lhe uma. Dou-lhe duas...*

35. MILAGRE

Assim, gastamos meses focados em ganhar barriga. Até que o improvável aconteceu. Numa noite de sexta-feira. Treze. Justo nesse dia, o Zé chegou mais cedo em casa e por um milagre divino meus dois outros já dormiam. Anestesiados.

O que fizemos? Aproveitamos! Mas a máxima se mantinha: pé ante pé. Movimentos contidos. Sonoridade controlada. Caso contrário, acabou-se o que era doce. *Saco de vida, né, gente?*

Pois é. Longe iam as noites de sexo gutural e selvagem, quando incomodávamos os vizinhos e éramos ovacionados pelos blocos mais distantes do condomínio. Depois do segundo filho, tudo fica diferente. No mínimo, complicado. E o embate, quando existe, é quase monástico. Contemplativo.

Basta um suspiro, um *Ai* mal colocado, e lá vem eles. Implacáveis. Quando não é um, é o outro. Num chamamento brochante e lá nas alturas, *Manhêeee! Acordei, Manhêeee! Xixiiii!*, ou o clássico e inespecífico, *Manhêeeeeeeeeeeee!!!!*, e pronto. Voltou tudo à estaca zero. Até que Deus se apiedasse novamente do casal a ponto de bala e desse aos pobres um *refresquinho. Até lá...*

Enquanto isso, estávamos de volta ao quarto, onde seguíamos animados noite adentro. Esquentando e ajeitando como dava. Deixando a coisa tomar corpo. Pegar gosto. Entrar nos...

— Aí. Não disse que eles faziam? – *choquei!* Era o pentelho do meu mais velho quem interrompia. E ainda por cima apontava, comprovando sua tese. — Falei, num falei?

— *Quié isso?* – berrei, arremessando o pai jardas além, enquanto amarfanhava a fronha entre as pernas, assumindo ares de Madona *(bom, pelo menos, eu tentei).* Inutilmente. Tendo em conta os olhares que lançavam, tinha certeza que, dessa vez, estava encrencada. Bem encrencada.

— Vocês... (respiro, respiro) ...Aqui? (continuo respirando). — Mas que... Beleza... (respiro, respiro e respiro).

O pai, desmantelado aos pés da cama, tateava no escuro, procurando pelos rins e por outros órgãos deslocados durante a trajetória de voo.

— Mamãe? Que cê tava fazendo? — perguntou a pequena, curiosa.

— Eu, querida? Bom... A mamãe estava... alongando...

— Alongando? — estranhou ela. — Por quê?

— Oras... Porque... eu sempre alongo enquanto... cochilo...

— Enquanto, o quê? — ressentiu-se o pai de imediato, *Não tinha nada melhor pra dizer não?*

Eu, adotando minha configuração secreta de polvo adestrado, acenei ao marido, sugerindo que virasse pó de mico, enquanto recolhia aos tapas e soterrava sob os travesseiros quaisquer pistas incriminadoras daquela que tinha tudo pra ser, mas não foi, nem de longe, uma noitada boa de lesco-lesco.

Hora de acolher a pequena ao colo. E desfocar. *Fazer o quê, né?* Teria conseguido, não fosse o Pedro, insistindo no assunto.

— Aí, hein, pai. Mandou bem...

— Compostura, moleque! Tá doido, é? Cinco vezes oito?!! E não vale usar os dedos. Ande. Quanto dá? — foi tudo que consegui pensar na hora.

— Ah, mãe...

— E sete vezes nove? Não sabe, né? Então já pra mesa. Estudar.

— Mas tá tarde...

— Teve sua chance. Não dormiu porque não quis. Agora sumam daqui: os dois. Você e seu pai. E só voltem com a tabuada do treze na ponta da língua.

— Do treze? – choramingou o Zé. — Não podia ser do quatro, não?

Sei que quando o Zé voltou ao nosso quarto, a Mafê dormia pesado. Entranhada em mim feito carrapato.

O homem ainda tentou. Virou a criança prum lado, puxou meu corpo pro outro, mas nada dela destravar. Assim aninhamo-nos os três. E encerramos a noite. Como na maioria das outras. Com um beijo lançado à distância e votos de bons sonhos trocados baixinho. Só.

Quem sabe amanhã, né? Com um pouco de sorte... *Vai que...*

36. ÁGUA MOLE EM PEDRA DURA.

Juro que custei a acreditar que emplacamos um terceiro. Tecnicamente falando, as chances eram tão baixas e poucas e parcas que...

Enfim. Estava sentada numa privada e segurando um teste positivo de gravidez. O segundo na semana. Sendo assim, era isso: esperar crescer a barriga e torcer pra que viesse com todos os aplicativos no lugar e funcionando.

— Pegou, é? – perguntou o Zé, bem menos impressionado que nas vezes anteriores. De qualquer modo catou um whisky e foi pra sala ligar e comemorar.

Acho que já vi esse filme.

E meu corpo alargou tanto que aprendi de vez a ter opinião.

Maluquice, né? Pois é.

E lá fui eu. Tudo de novo.

37. CABEÇA DE BACALHAU

Adoro listas. Quanto mais esdrúxulas, melhor. Como a de coisas que ninguém vê. A essa, inclusive, tratei de acrescentar novos itens, anote aí: enterro de anão, cabeça de bacalhau e, pasmem, chá de bebê do terceiro filho.

Pois é. Rapa de tacho é assim. Simplinho, sustentável e sem direito a muitos luxos. Tem quem diga por aí, que o primeiro filho é um sobrevivente. O segundo, um afortunado. E o terceiro... bem... o terceiro é um caso ainda a ser devidamente catalogado. E não é por falta de nomenclatura, viu? Alcunha pros bichinhos é que não falta: *temporão, caçulinha, peste, pulga, encruado* e o famoso, e verdadeiramente sincero, *já que veio a gente cria.*

Álbum de festa, então? Esqueça. Quem sabe depois dos dez, quando de posse da máquina fotográfica de alguém, comece a registrar por conta própria. Filho caçula não faz pose, faz *selfie*, ou fica na saudade. Ô dó...

E pensar que o Pedroca tinha bolo com velinha todos os meses. Ao menos foi assim, até a Mafê chegar. Aí vieram as festas compartilhadas. Com mesa do *Mickey* pra ele. E mesa da *Minnie* pra ela. Mas bastou o terceirinho chegar pros aniversários desandarem. Os mais velhos ainda saíram no lucro. Berram. Cobram. Enfim, se defendem. Mas o pobre do Juninho, coitado, teve seu aniversário de um ano comemorado com dois meses de atraso. E o bolo de padaria ainda veio torto. Ao menos o brasão do Corinthians estava inteiro. Detalhe: em casa, somos todos santistas. *Abafe o caso...*

Mas batizar a gente batiza, nem se for junto com a crisma. Porque morrer pagão, não pode. Aí é pecado...

Mas voltando ao chá de bebê do menorzinho... A organização ficou por conta da Elis, é obvio. Essa adora um juntamento. Tanto que se incumbiu de tudo. E saiu distribuindo os convites. *Tem festa, viu? Na Gabi. Sábado. Não esse, nem no outro, daí pula dois e é no próximo. E teu primo tá convidado. Sua tia, também. Quer saber? Traz todo mundo. É só chegar...*

Isso explica aquela movimentação toda durante dias. Com o meu telefone pipocando sem parar. Nem estranhei quando ligaram bem tarde, uma tal de Sônia, tia-prima-torta dum sei lá quem da parentaiada distante do Zé. Convencida de que chá de bebê era uma grande solenidade, fez questão de manter-se fiel ao protocolo, insistindo:

— Onde está a lista, *Bolinho*? — era assim mesmo que ela me chamava. Bolinho. *Pode isso?*

— Que lista?

— De presentes. Do bebê. Acorde, *Bolinho*...

— Ah. Tá. Traz fralda, tia Sonia.

— Fralda? Onde já se viu? Tranqueira de farmácia não é presente, *Bolinho* — emendando na sequência: — Que tal um mantô com gola de pelo, forrado e bem quentinho?

Suei só de pensar na oferta. Lembrei que o menino estava previsto pra breve. Dentro duns 45 dias. Com o verão estalando numa São Paulo quente pra diabos.

— Qual a cor do enxoval? — era ela. Martelando.

Enxoval? Que enxoval? Era tanta peça herdada, que as gavetinhas da criança pareciam mais depósito de brechó.

— Sei não, tia. De tudo um pouco. Branco. Rosa...

— Rosa? – a velha gemeu. E eu segui enumerando.

— Lilás, amarelo, vermelhinho...

— Tem certeza que está esperando um menino, *Bolinho*?

Pior de tudo é que já passava das dez, numa noite de quinta. Sem dizer que era a terceira vez que ligava, só naquele dia. Então, decidi ser franca. Direto ao ponto. Focada no que parecia essencial.

— *Faz assim, ó: esquece a roupa e traz cerveja. De preferência gelada, daí todo mundo toma. Fechado?*

Não deve ter gostado. Tanto que nem apareceu. Mas mandou o mantô. Dois, na verdade. Um *caramelo* e um azul. Bonitinhos, até. Mas aposto dez contra um como deu de má vontade. Era tentar pôr no menino que ele chorava. Toda vez. A mesma coisa. *Pena, né?* Antes tivesse mandado as fraldas. Ou a cerveja. Mas não me ouviu, né, *Bolinho*?...

38. NOMES

Se não teve direito a cueiro comprado em Miami, imagine pesquisa de nome.

E pensa que liguei? *Bobagem*. Frescura de primeira barrigada, quando sobra tempo e saco pra ir atrás da barulheira toda. A rapinha geralmente segue a ordem do dia. Conosco não foi diferente. Lembro como se fosse hoje.

As contrações apertando. A corrida desabalada pela maternidade adentro. O Zé descorado, desfazendo, bem quando deu o alarme, *Gabi, é um menino, né? Qual é mesmo o nome dele?*

Caracas! A gente não tinha parado para dar nome aos bois (quer dizer, filhos). E entre um Fu-Fu-Fu-Fu e outro (leia-se: *respiração ofegante que a dor é tanta que quase morro*), ele começou a elencar:

— *Pedro?* Não. Já temos. Quem sabe... *José... João... André... Ricardo... Miguel...* Dá até pra combinar: *José João... João André... Ricardo Miguel...* Então, gostou? Fale alguma coisa!

— Ai, Zé... /Fu-Fu-Fu/ ...Tô quase explodindo... /Fu-Fu-Fu/ ... E quer que eu /...Ai-Fu... Ui-Fu.../ Dê alguma Fu-Fu-Fu-sugestão?... Zéeeeeeeee! /Fu-Fu-Fu.../

— Tá. Entendi. Peraí que eu ajudo — *googlando* o telefone — Que tal algo bíblico? Pode ser Rubem. Tomé. Absalão...

Absalão? Respirei fundo. *Fala sério*. Cravando as unhas na caminha onde revirava enlouquecida.

— Caramba, Zé! /e o Fu-Fu-Fu apertando/... Tem outro melhorzinho, não?.../Fi-Fi-Fi ou *respiração curtinha que o bicho pegou geral/*... Tente outro /Fi-Fi-Fi/ mais conhecido... /Fu-Fu-Fu/ mais famoso...

— Famoso? Ah, sim. Claro – ele fuça. Fuça. E recomeça: — Pilatos. Jesus. Golias. Abraão...

Bodegasssss! /Fu-Fi-Fu-Fi.../

— Esquece a bíblia, Zé! /Fu-Fiiiiiiiiiiii.../

— Cristão, não. Entendi. Se for espírita, tem Allan Kardec. Budista, Dalai Lama. Ou Sakiamuny Padmasambhava...

Ok. A paciência acabou.

— Põe Júnior */parada pra contorcer/...* É curtinho */cruzes, isso foi um estalo?/...* Fácil de lembrar */foi um estalo, juro que foi/...* E não se fala mais nisso, *uma dose dupla de morfina. Pra mim. Melhor, aplica nele, pelamordideus!!!*

39. O DIA SEGUINTE.

E o Júnior nasceu. Com três quilos e setecentos, medindo cinquenta e dois centímetros. Um bebezão muito do bonzinho. Ou dormia. Ou mamava. E eu pra lá de satisfeita. Com as malas prontas. Caçando o raio dum médico que me desse alta.

— Hospital é pra doente. Não estou doente. *Vambora daqui...*

Em casa, sem visitas. Nem conselhos. Afinal, era o terceiro. Neto naquela família já não era novidade.

Acontece que a tarde chegou, passou e ninguém pra me ajudar com o banho do menino. Aliás, *quedê* a banheira? Isso mesmo que você ouviu. Banho como? De chuveiro? Canequinha? Quando topei com um balde velho repleto de *Barbies* descabeladas. Perfeito. Virou *banheira-spa-com-deck*.

E ficamos ali. De molho. Até que o Zé chegou.

— *Quié* isso?

— Um ofurô. Não viu, não? Simula o útero materno e mantem o bebê relaxado e confortável por muito mais tempo...

— *Nisso aí? Sei...*

— Tem até hidromassagem. Com várias velocidades.

— Opa! Se é assim, também quero.

— Sei não — fiz doce. — Cabe o papai aí, bebê? Tá difícil, moço. Essa sessão ainda vai longe...

— Moleque folgado. Bonito. Mas folgado. *Olha só: é a cara do pai.*

— Imagine. Todinho a mãe.

— Nem na bunda. Aliás, diz um que não pareça com o pai...

E a brincadeira continuou. Gostaria de dizer que seguiu noite adentro. Mas chegaram as crianças. A babá. Os avós. Os amigos. Enfim. A tropa toda. Tudo igual. Comigo atrás. Reclamando. Feliz e satisfeita.

40. A ENTREVISTA

Demorou nada e estava de volta à rotina.

Como naquele dia em que furei um farol vermelho. Evidente. Celular e direção dá nisso. Também, fui atender justo quem: a Eli. *Já* viu, né?

— Eu sei que a reunião dos Melo Curi é amanhã à noite. O problema é o Júnior. Ainda não achei quem fique com ele — manobrei pra direita, pra esquerda e segui guiando. — A Tata? Piorou — freada brusca seguida dum devorteio. — Ultimamente, a Tata só me dá trabalho, mais que a Maria Fernanda e o Pedro juntos. *Uhuhmmm.* Vou tentar minha mãe. Pode deixar, digo que mandou beijos, sim. De qualquer forma, ligo mais tarde. Acabei de chegar em casa e estou com gente esperando. Pra entrevista. Quem sabe, né? Torce aí...

Quatro e quinze. Tempo de trocar o Júnior e descer voando.

Mais uma candidata. A quinta na semana. Como é difícil achar babá que preste nessa cidade, *benzadeus...* A maioria, uns cacarecos. Sendo assim, meti um pancake no rosto e fui lá. Farejar a fera de pertinho. E a primeira impressão não foi de toda ruim. O que já era um grande avanço. Enfim. Lembrei da reunião com os Melo Curi e parti pro *mata-mata.* Falando pelos cotovelos, que nem pau de chuva.

É essa. Tem que ser. Há de ser, foi esse o meu mantra enquanto rastreava a cicrana em busca de pistas: modos inadequados, próteses soltas, bafinho de cachaça ou qualquer outra anomalia captável pelo meu sonar 3D de mãe escolada. Nada consta, *então vai tu mesmo!*

Passei a mão na moça e saí zanzando casa afora: *isso pode, isso deve e isso, se fizer, eu gamo de paixão...* Foi assim meu fim de tarde. Seguida de perto pela moçoila, que, lá pelas tantas, fez sacar uma cadernetinha que trazia na bolsa, anotando palavra por palavra tudo aquilo que eu dizia. Pensei em soltar um *supercalifragilisticexpialodocius* só pra ver a cara que faria, ou se perguntava, É com "dois esses" ou "*cedilha*"?, mas lembrei do prazo dos Melo Curi e, ao primeiro ensejo, informei:

— Seu foco é o menorzinho. E não se preocupe, o bichinho sabe bem de que lado a corda rói...

— *Hein?*

— É bonzinho. Só chora pra comer. Ou se tá molhado.

— Ou se tem alguma coisa que ele quer pegar e não consegue – inclui a Mafê, que continuou: — Ou se tá borrado. E ele vive se borrando né, mãe? Como fede esse meu irmãozinho. Fede e grita. Grita muito. Um horror...

Deu, filha. Deu, viu? A mocinha já entendeu seu recado, querida. Sendo assim, obrigada pela participação. Passar bem..., mas, não. Ela tinha que ficar. E seguiu falando.

— Mamãe diz que ele grita porque tem saudades dela, mas meu irmão acha que é encosto. Tipo possessão ou coisa parecida. Eu concordo. Acho que é o Tom. Um menino que morava nessa casa e morreu decapitado — a mulher de parda ficou anil. — Às vezes, ele vem brincar de bola. *Que foi?* Não fica com medo, não. É só ignorar. A não ser que fale contigo. Ou pegue na sua mão. Ele adora levar pra passear...

— Maria Fernanda! Cadê a Tata, meu amorzinho? — e fui arrastando pelas tranças a minha sensitiva de plantão (*Ai que vontade de matar!* Ou melhor, não. Vai que se une ao Tom e volta pra assombrar. *Pensando bem...*)

Sei que apesar dos pesares, a mulher ficou. Aliás, seu nome era Anthonnella Raffaelly Rihanna Silva, a quem possa interessar.

Preciso nem dizer que virou Tonha, né? Pois é. Virou. *Culpa minha?* Que nada! Perguntem às crianças. *Tudo eu nessa casa. Tudo eu!...*

41. A MORTE

— Mãe...

Lá vem. E sempre quando estou trocando fralda. Não dava pra escolher outra hora, não? Ou que tal tentar o papai? Só *pra variar...*

— Todo mundo morre? — queria saber a Maria Fernanda.

— Uhummm... *Gente, esse menino tá todo breado! Putzgrila...E o que é isso? Feijão? Num me diga que achei um grão de feijão, co-*

lado a bunda do saruê! Creindeuspai... Só mesmo o Zé *pra entupir um bebe de onze meses com tutu à mineira. Esse Zé...*

— Você vai morrer?

Opa?! Hora de reposicionar o foco: do bebê emporcalhado às tampas, pra menina querendo entender dos mistérios da vida.

— Vai ou não vai? – cobrou ela.

— O quê, querida?

— Morrer. *Vai, né?*

Gente, que insistência...

— Vou, filhinha. Um dia eu vou. Todo mundo vai, meu bem.

— Até o meu pai?

Principalmente, tive vontade de dizer. Em vez disso, fui gentil e doce.

— Sim, princesinha. Até o papai.

Acontece que continuava me fitando. Só que eu não tinha tempo. Nem estômago. Com o Juninho numa flatulência de dar gosto, *Ai, Jesus, que lá vem outro... Acho que a mamãe vai morrer agora, filha.*

Tudo bem. Tudo bem. É meu filhote. E amo muito. Com ou sem feijão. Mas também tenho nariz. E uma rinite abençoada, que me permitia sobreviver melhor a uma casa com três crianças e a um marido viciado em pimenta. *Valha-me Deus!*

Foi quando me lembrei dum tal *professor-doutor-sei-lá-das-quantas* que vi outro dia na TV explicando pra todo mundo que, com criança, quanto mais exato for, melhor. Ou seja, perguntou, responde. Sem detalhes. Simples, assim.

Então, tá. Foi exatamente isso o que eu fiz. *Não foi?*

— E quem morre vira o quê?

Danou-se. E aí, professor? Alguma sugestão? *Aposto que nem filhos o camarada tem. Quando muito uma sobrinha distante. Quer saber? Ganho mais se me virar sozinha,* sendo assim, improvisei:

— Estrelinha, meu anjo. Estrelinha... — acho que agora deu. *Só que não.* Pra piorar, chegou o Pedro e seu invejável repertório de comentários úteis e auspiciosos.

— Menos a tia Júlia, né, mãe? Essa com certeza vai virar lua. Cheia.

A Mafê sorriu, inflando ao máximo as bochechinhas. E mais. E mais um pouco. Diante do meu silêncio, insistiram.

— Mãe?

Que foi, agora? Jesuis me abana...

— Hum?

— Quando a tia Júlia morrer, a gente pode enterrar ela no quintal, igual fez com o Beiçola?

Foi o Pedro quem respondeu, adorando a ideia.

— Nossa! O velório do Beiçola foi *irado*! Teve até bolo de chocolate com caldo de cana. Lembra?

— Ninguém vai enterrar a tia Júlia no quintal — ralhei. — Mas que falta de respeito...

— Verdade — devolveu o moleque. — O Beiçola era da família. Vai que fica chateado com a gente. Taí um risco que não quero correr...

Tornei a pensar no professor. E nos seus milhares de livros vendidos. Traduzidos em trocentos idiomas. É, co*mpadre. Falar é fácil: quero ver encarar uma família como a minha.* Né, meu morteirinho de guerra?

Não faço ideia como, mas o bebê entendeu o recado. Tanto que voltou à carga, numa lufada tóxica que pôs pra correr os dois irmãos tagarelas. Voando escada abaixo, numa algazarra de vinte. Não. Trinta. Melhor, arredonda pra cinquenta e passa a régua. *Barbaridade.*

42. A DIETA

Entrou mês. Saiu mês. Vida que continuava.

E rotina de mulher pós-parida inclui regime. Cintas modeladoras. Reza. Além de muita água com limão.

Inclusive, lembro bem da última tentativa que fiz pra perder alguns quilinhos. E da rapidez absurda com que tudo sumiu. Principalmente, a minha paciência. Meu rebolado. E, sobretudo, o bom humor. As medidas é que não, claro. Nem a fome. Essa urrava. Só não mais que o Júnior. Ou o Pedro e seu *Ramones* nas alturas. E por fim, mas não menos irritante, a caipora da Maria Fernanda, contente da vida, se acabando num apito *(Ahhhhhh, se eu pego o xumbregado do desinfeliz que lhe deu a budeguinha...).*

Foi assim que, no meio desse caos familiar, sentamos certa noite pra jantar. Ou melhor, o Zé sentou. Porque mãe de três não senta. Não deita. Não mija. Sexo, então (pausa prum *momento-risada-nervosa*). Mas vejamos pelo lado bom da coisa: assim não viro mãe de quatro. Nunca. Nunquinha. Nenhuma chance. Definitivamente.

De volta à mesa. O Ninho já estava com quase seis meses. E uns dois quilos além do peso médio pra idade. Sorte dele. Pior eu: oito, acima. Três, pros lados. Enfim. Estávamos de dieta. Eu e o Zé. Ao menos era esse o combinado. Por isso, montei um prato verde de mato e grama. Sofrido. Amargo. Exemplar.

Eis que chegou ele. Meu *distintíssimo*. Recendendo a vinte mil calorias de queijos borbulhante. Guarnecido e recoberto em lombo, ovos e borda recheada com catupiry.

Assim, eu te pergunto: quem guenta ruminar alface mimosa num ambiente insalubre desses?, vontade de cair ao chão de joelhos. Soluçando.

Chegou a ser obsceno. Uma suruba proteica de mandar gordinho à lona sem sequer soar o gongo. Não satisfeito, o cicrano abriu um vinho. *Grandes coisas. Nem liguei!* Mas se ligasse, apostaria num frutado. De baixa acidez. Corpo médio. Notas de café. Baunilha. E frutas vermelhas maduras. *Aiquiódio, nossinhorasantíssima, aiquiódio!*

Minhas mandíbulas rangiam. Travavam. Salivavam metros cúbicos de baba ácida concentrada, no mais puro e contrito desespero.

Daí, além da cabeça que explodia e do estômago que implorava, tinha ainda o meu bebê emporcalhado exalando a casa inteira. *Nossa, filhinho, mamãe te adora, viu? Mas, a Mafê intéquitem razão. Putaquipariu! Como você fede, fiotinhodideus...*

Pra laurear, faltava só a Maria Fernanda, despencando escada abaixo num *Priiiiiiiiiiiiiiiiii* interminável e intermitente que atravessou meu cerebelo, escangalhando meus pobres tímpanos contra a parede. Mas quem precisa deles, não é, mesmo? Ainda se fosse um rim. Ou o fígado. Mas, os tímpanos? *Bobagem*. Mesmo assim, pontuei.

— Pare, filhinha.

Outro *Priiiiiiiiiiiiiiiiiiiiiiiiiiiiii* muito mais forte e petulante que o anterior foi o troco que tive.

— Pare. Agora.

— Ou o quê? — sorte que mãe madura tem resposta assertiva e centrada pra tudo.

— Ou te acerto com a fralda suja do seu irmão. E você sabe que não estou de brincadeira, mocinha.

Lembro que o Zé torceu o bico.

Tá. Existem outras formas de conter uma criança. E prometo que pensarei em algo melhor. Depois. Antes da valsa dos quinze. Mas no momento queria sossego. E comida. Pouco importava a ordem.

Priiiiiiiiiiiiiiiiiiiiiiiiiiiiiiiiiiiiiiiiiiiiiiiiiiiiiiiiiiiiiiiiiiiii...

Quase explodi. Faltou nada. Não fosse o Zé numa das suas tiradas fantásticas. Como se eu ainda tivesse forças, ou motivos, para sorrir.

— Por que não damos a ela um bloquinho de notas? Se aprender a canetar e pegar gosto pela coisa, vira funcionária padrão CET. Já pensou? Vai controlar um farol como ninguém, a *tchutchuquinha* do papai.

Sei que a menina mostrou língua, com cara de quem não achou graça nenhuma na história. Já o Pedro tratou de intervir, assanhado.

— Pai, com o salário de um marronzinho dá pra comprar uma moto?

— Duas — respondi, amarga. — Mais um pacote jumbo de mandiopã.

— Jura?

— E o colete deles ainda brilha no escuro — ateou fogo a pequena.

— Éééééé... — entusiasmou-se meu protótipo choco de gênio às avessas. Feliz em deparar com sua verdadeira vocação. — *Maneiro!*

Gosto de ti, meu filho, palavra que gosto. Mas tem horas que me convenço de que alguém lá em cima está de sacanagem comigo...

43. POCOYO

Confesso que levou um certo tempo. Até que percebi.

— Temos um problema aqui, Zé. Quer ver só? — e voltando-me ao Juninho, gentilmente sugeri: — Fala ma-mãe...

— Plu-to.

Tentei de novo.

— Ma-mãe.

— Bam-Bi.

— Mamãe!

— Pocoyo! Pocoyo! Pocoyo!

Quem???

Chega de TV pra esse menino. Decretei.

— Vou matricular a gente na aula de natação.

— Tem certeza? Onde vai achar tempo pra mais uma encrenca? — perguntou o Zé, pé no chão.

— *Xácomigo.* Vamos adorar uns *splashs*, né, Ninho?

Feito. As classes começariam na semana seguinte.

Na primeira aula chegamos bem. Vinte minutos mais cedo. Mas logo descobri que havia esquecido a touca de banho do bebê e tivemos que voltar.

Na segunda, a turma toda já estava dentro d'água, mas como esqueci da sunga do bebê, também tivemos que voltar.

Terceira aula. Cheguei esbaforida, meia hora atrasada. Mas pra surpresa da instrutora, a mochila estava impecável. *Ué? Cadê o bebê?...* Voltei. Fazer o quê.

Quarta aula. *Foi ontem, é?* Vigi...

Quinta aula. Nem fui. Mas liguei antes, pra desmarcar. Daí estourei pipoca e fomos assistir à televisão. O Ninho e eu. Doidinha pra descobrir, de uma vez por todas, quem raios era esse tal de *Pocoyo.*

44. DIA DE CHUVA

Aquele dia foi assim. Pingado desde sempre. E como era meio de semana, tinha escola e trabalho pra todo mundo.

A aporrinhação começou bem cedo. Na cama. Ninguém queria saber de acordar por conta do friozinho. Numa greve velada. Dava até pra compreender o motivo.

Nem digo nada, porque malemolência farejo de longe. Quando é assim, vou puxando pelas golas e ajeitando pelas bandas e, quando veem, estão vestidos, comidos e de mochila nas costas.

Sei que a manhã que começara lenta, de repente travou. Assim como o trânsito. Encalacrado: anda-pára, anda-pára. E de volta em volta, quase cheguei a Roma. Mas estacionar, que era bom, necas.

Então, tá. Parei longe. E segui a pé em procissão. Um filho atrás do outro. Mais malas, pastas, lancheiras, livros atrasados da biblioteca, bolas, bonecas, casacos, capas de chuva.

Perfeito. Mas a realidade se impôs: chuviscando sobre nossas cabeças. Nada demais. Garoa. Dava até para correr. Pena que apertou. E virou chuva, com cara e fuça de enxurrada.

O jeito foi dar meia volta, catar os ombrelones e encaixar tudo traveiz. Filhos maiores sob os braços e o terceirinho entre as pernas. As malas joguei às costas. Livros e bonecas, na cabeça. Lancheiras laçadas à cintura. É. Parece que deu. Era só andar de-va-gar-zi-nho e aí...

— Manhê, cadê a minha bola?

Que bola? Danou-se. De tão entulhada, tinha nem jeito de procurar, *Tá ali, ó. Rolou. Entre o meio fio e um carro estacionado torto.*

— Prendeu, mãe. Num sai...

Fácil. Fica todo mundo aqui. Mamãe resolve. Quer ver só?....

Pareço um pinto na sopeira. Mas um pinto muito prosa, que traz uma bola enlameada bem presinha ao sovaco. E de volta ao início. Empilhando os filhos primeiro. E a coisarada toda depois. Num *vamôquevamô* apurado, que a mamãe aqui ainda tem muito que pelejar.

Gozado eram os olhares de piedade acumulados pelo caminho, *Antes-ela-que-eu, Té logo...*

Segui marchando. Até que duma esquina pude avistar: o portão amadeirado da escola dos meninos. E quanto tudo parecia resolvido, surgiu ele. Tio Hélio. Porteiro. O de sempre. Que me viu de longe, e saiu correndo, ao resgate.

— *Qué ajuda, Dona Gabi?*

— Não, tio Hélio. Tá ótimo, ouviu? Ótimo!

— *Magina.* Passa a mochila pra cá, eu carrego — já forçando o antebraço. O meu, é claro. Que pesou, por isso tombei. E se não fui ao chão é porque sei o quanto custa um *tailler* novinho em folha. Sendo assim, recuperei o centro ligeira, enquanto ele insistia com as malas.

— Tô bem – garanti. — Tudo sob controle — enquanto esquivava. Era gentileza demais me atravancando os cornos. — Não trisca que despenca!

Pensa que cedeu? Qual, qual, qual. Inconformado, tentou os livros, as pastas e, por fim, a boneca, que enganchou nas minhas coxas.

Chamou reforços. E logo surgiram outros porteiros. Dois. Enormes. Um de cada lado.

Respirei fundo. Daí meio que pulei. Driblei. Corri. E só sosseguei com a Mafê entregue. *Ufaaaaa. Uma a menos.*

Perfeito. Dali em diante, o Pedro se virava sozinho. *Dois a menos.*

Bacana. Hora de dar no pé. Bem quando a Mafê se voltou, abrindo os bracinhos e gritando:

— Manhê! Meu beijo. Esqueceu?...

Putz? Será, mesmo? Tenho certeza que te beijei pela manhã, docinho. Serve o tio Hélio? Mamãe está tão atrasada...

— Manhêeeeee!

— *Tô indo. Tô indo...*

Tem jeito, não...

45. SURPRESA!

Às vezes me perguntam de onde tiro essas minhas histórias. Não vou mentir, dá até vontade de dizer que aconteceu com outra, que ouvi *duma-amiga-doutra-amiga-dum-sei-lá-quem.*

Acontece que mãe de três tem, mesmo, um baita dum repertório. Parece que as encrencam correm atrás da gente. Pior. Colam.

Foi assim naquele sábado.

Lembro que estava um dia lindo. E antes que inventassem programa, fui catando a tropa a meio de caminho e convocando.

— *Simbora,* galerinha. A gente vai sair.

— Jura? Pra onde? — quis saber um.

— Surpresa!

— Praia? — tentou outro.

— Melhor.

— Clube? Shopping? Parque?

Nada disso. Todo mundo errado.

— Onde, manhê? Dá uma pista. Quié que tem lá?

— Uma prova de coragem — e mais não disse nem diria. Enfatizando a pausa e coisa e tal.

Os palpites continuaram. *Escalada? Paintball? Rodízio de pizza?*

Até que chegamos. *Vacinarte, clínica de imunização.* E a fila estava enorme.

Mudaram por completo de figura. E foi um tal de *pega-que-te-agarro* pra ninguém botar defeito. Sei que pelejei até, mas catei um. A Tonha, outro. E a Mafê pinicou pra debaixo do banco. Depois, grudou num poste. Aí, danou-se, que a dita-cuja criou ventosas, não tendo Cristo que a fizesse desgarrar.

Bom, ao menos vacinei dois. Setenta por cento do problema resolvido. Quanto a ela, paciência. *Deus fez, Deus cuida.* É por isso que eu rezo, viu? E rezo... E rezo... E rezo... *Barbaridade!*

46. DESCANSO FINAL

Muito bom ter bichinhos por perto. Ensinam as crianças sobre responsabilidade. A lidar com expectativas. Adversidades. Pra perdas, então, é uma maravilha. Lá em casa, por exemplo, com tanto bicho catado da rua, era difícil o mês que não morresse um pelo caminho.

Assim, enquanto os amiguinhos brincavam de banco, médico ou secretária, Pedroca e Mafê criaram uma necrópole pet ecumênica, com ossário climatizado, urnas customizadas e crematório com *playbacks* variados: Xuxa. Taylor Swift. Metallica. Tarzan e Jane 4.

Pois os *finados* tinham atendimento completo. Coroa de flores, missa de sétimo dia e até obituário. As crianças, em luto severo e legítimo, mantinham tudo registrado. O Pintinho Azul, que era completamente laranja, morreu envenenado com anilina suave-violeta. A Tartaruga Clarabela, sufocada num cachecol que trajava prum chá da tarde. O Ganso João Bidu tombou de tanto comer pedra (*causa mortis,* segundo a Mafê: dor de estômago supurada). Já o Tubarão, nada além dum doce peixinho dourado, sofria de severa alergia a *catchup.* Ah! Quase esqueci da Griselda, um hamster *trans,* que adorava desfilar vestido de *Barbie,* mas acabou comido pelo Chuleta, que jura de pé junto que tudo não passou dum lamentável acidente.

Enfim. Cada passamento, um novo inferno. Porque lá vinha a molecada toda do bairro pra integrar o cerimonial. E velório sem vela não tem graça. E tinha ainda os lanchinhos que botavam louca a pobre Tatinha. No final, a festa era tão boa que ninguém queria saber de ir embora, *Vai que outro morre amanhã, né, tia? Melhor ligar pra minha mãe e avisar que estarei de plantão...*

E o apreço aos detalhes era tamanho, que catavam alguém com bicicleta de cestinha pra ser o homem mau do camburão. E o cortejo seguia. Fechando a rua. Um séquito de patinetes, skates e motocas dando volta e meia no quarteirão.

Pra que não cavoucassem o quintal inteiro, destinei uma área ao repouso tranquilo dos animaizinhos desencarnados. Mais tarde soube que, sossego mesmo, ninguém tinha. Principalmente, após criada a tal equipe de exumação, composta por cientistas forenses graduados em CSI, Harry Potter e O Laboratório de Dexter. Destacados pra trabalhar no departamento de criminalística da polícia do Campo Belo. Casa 85. Fundos. Clubinho ao lado da piscina.

47. FÉRIAS

Mãe de três não é diferente. Tem dois olhos. Um nariz. E aquela barriguinha avantajada que acomete um percentil indecente de mulheres mundo afora.

Tampouco é louca. Meio fora da casinha, talvez. Até aí, nada demais. Basta dizer que no mundo não há outra mais simples, nem tão resolvida. Fato é que sempre descobrimos um jeito de descomplicar as coisas e viver sem peso extra ou dramalhões de folhetins. Quer, quer. Não quer, até logo. E passar bem. Sendo assim, *Júnior, meu filho, desencoste a boca do beiral dessa cadeira, não vê que está incomodando a moça? Pule essa e lamba a outra, que está vazia. Essa pode. Agora, deixe a mamãe conversar, tá?...*

E dou graças a Deus que somos assim. Flexíveis. Ainda mais quando o assunto é sanidade familiar: melhor um demente que cinco, concorda comigo? Afinal, cuidar de mim é mole. Até eu. Quero ver lidar com eles. *Os filhos.* E com elas. *As vozes... Ué! Que foi? Nunca ouviu?* É só ficar quietinha que elas vêm. Nada ainda? Então, concentre-se. Esvazie sua mente. Agora, apague a luz...

Enfim. Falar é mais fácil que fazer. Nem precisa nascer gênio pra reparar que mãe de três só falta voar. Acontece que, cedo ou tarde, esse vuco-vuco todo acaba afetando o juízo da fulana. Algumas desenvolvem tiques. Outras, síndromes. Fobias. Eu, por exemplo, tenho horror a férias.

Quero saber quem não teria, morando numa casa projetada prum casal e seus três filhos, mas que, falando a verdade verdadeira, nunca tem menos que dezenove crianças. Vinte e nove. Oitenta e nove!

Afora o aspecto numérico, que tira um pouco a concentração e reduz drasticamente a velocidade de reação da gente, tem, também, a questão logística. Um tanto quanto delicada. Pois imagine-se trancafiado, por uma semana, com uma tropa de arranque dessas. Imaginou? Ótimo. Agora, amplie isso por quinze dias. Viajando. Batalhão inteiro a tiracolo. *Poizentão.* Bem-vindo ao meu mundo. E pode ter certeza, *vai dar galho!*

Mas vamos por partes. E de volta ao início. Às vésperas da partida.

Não sei da sua família, mas no que compete a minha, não havia cena mais triste que essa: eu, completamente descabelada, enquanto pelejava pra montar e fechar tudo que era mala. As crianças no encalço, dedicando a força das suas almas à missão de não facilitar em nada a minha pobre vida severina, *Larga isso,* já! Não trisca. *Num rela. Põe imediatamente onde estava, senão...*

Assim seguíamos. Sem sossego e sem reparo. Até chegar o Zé. Ciscando em volta. Disposto a torrar-me a paciência de primeira. Como se a ansiedade dos moleques não fosse por si só amolação suficiente. *Vai vendo o tamanho da encrenca.*

— Assim não tem a menor condição, Gabriela. Ou você se enquadra, ou a gente desiste — pausa pra enfatizar. — Cada vez que aumento o carro, você triplica as malas. Tá de brincadeira, né? Só pode...

Chamou de Gabriela, é? Então, senta, que o bicho vai pegar.

— Quer o que, agora? Um *trolleybus*?

Quero rir. Quero muito. Mas não posso, ou entornava o caldo de vez. Preferi fingir de morta. E deixei ele pra lá, auditando a tralharada toda, item a item. Apartando por conta e risco o que seguiria viagem, do que ficaria largado pra trás.

— Brinquedo de praia? Nenhuma chance – informou ele. — Carrinho de bebê, então. Nem pensar.

— Sem carrinho? Ótimo — devolvi. — Não vou.

E ele continuou. Limando tudo. Cadeirão. Banheirinha...

Perfeito! Agora sou eu quem tem quinze anos incompletos. Chacoalhando os ombros ostensivamente.

— Por mim, tudo bem. Já disse que não vou, mesmo...

— E pra que tanta sacola? Posso saber?

— Temos três filhos. Esqueceu?

— Não é você quem vive se vangloriando de ser a mulher mais prática do universo?

— E sou.

— É nada. Mulher descolada viaja de mochilinha.

— Que parte do *seu-filho-cagalhão-usa-fraldas* você não entendeu?

Bem quando ele apelou.

— Pois fique sabendo que, assim, quem não vai sou eu — e amarrou o maior bico. Como se birra fosse novidade. Pra cima de *moi*...

— Excelente! Sobra mais espaço — num instante catei tudo de volta: carrinho, banheirinha e demais apetrechos injustamente deletados. Daí fui empaçocando. Metendo pra dentro do carro. Sem espaço nem pro grampo.

Aposto que, a essa altura, você está se perguntando, *E aí? Nu-quié que deu essa história?*

Em nada. Claro. Tudo no carro e os viajantes embarcados e felizes cantarolando juntinhos, *Um elefante incomoda muita gente, dois elefantes incomodam-incomodam muito mais...*

A partir de então, começávamos um novo e empolgante capítulo. Pois bastavam poucas quadras pra que uma enxurrada de cacarecos voltasse a incomodar.

— Pô, *mãnhê*, tire esse trambolho daqui!...

— E onde quer que *enfie?* Alguma sugestão? — Ai de quem respondesse.

— Dá pra Mafê carregar. Ela que trouxe. Agora, leva.

— Levo nada.

— Leva, sim.

— Levo nada.

— Qual o problema com vocês? — era o Zé, a pentelhésimos duma sarrafada histórica e inevitável.

Geralmente, essa era a hora em que ele respirava fundo e engrenava num discurso chato e muito-muito longo. Abordando temas diversos, como empenho, parcimônia e outros que nem dava pra ouvir direito, com as crianças berrando enquanto se pegavam aos safanões.

— Ô, mãe, olha ele me provocando!

— Olha, o quê, moleca? *Parece tonta...*

— Tonto é tu, tatu!

— Cê quié.

— Teu nariz! E não me aponte o dedo.

— O dedo é meu e aponto se eu quiser.

— Manhêeeee!

Ai, Jesuissssss...

48. AVIÃO

Pode parecer estranho que uma fulana boa praça como eu, com razoável jogo de cintura e paciência média seis, venha a nutrir horror a alguma coisa. Pois tenho. Ódio. Sério, mesmo.

Desde pequena, nunca gostei. Mas sei que hoje a coisa é textual. Só de pensar nas filas de embarque cruzando e descruzando já empolo frente-verso, até a dobrinha dos braços. Saguões lotados, atrasos nos voos, cancelamentos. Se vejo uma aeromoça, então, *minhanossinhora!* Vontade de estrangular. *Juro procê...*

Nossa! Mas por quê? São mocinhas tão legais e prestimosas...

Prestimosas, uma ova! Experimente entrar com três crianças num *Airbus* A330 lotado, ainda por cima puxando bagagem. Dava nem conta de acomodar a bunda ao assento e já vinha uma delas, *Senhora! Ei, senhora! Precisa tirar o som desse iPad...*

Nas primeiras quinhentas vezes, fui bastante educada, até a hora em que revidei.

— Escute aqui, flor: é o som do ipad, ou o som das crianças. *Você quem manda...*

Fazendo curta uma história longa, nossa perspicaz *fly attendant* optou com maestria e naquele vôo todos puderam dormir tranquilamente. Quer dizer, menos os pobrezinhos das seis fileiras subsequentes as nossas. Ainda assim, oitenta por cento me parece um bom número, concorda comigo?

De resto, eu já estava acostumada: nem bem o avião recolhia o trem de pouso e olhe eu lá, dum lado ao outro. Chacoalhando o Juninho ao colo. E ele berrava que era uma beleza. *Peraí, que dou um jeito*: e dá-lhe apertão, sacolejo, bitoca, simpatia e terço à vontade. *Diantava lhufas...* Porque bebê não cansa. Nunca. Com sorte, enjoa. Aí, vomita. Justo num casal que me olhava feio e fixo há horas. *Viu só?* Bem feito.

E bastava um sossegar, pros outros dois se pegarem à força. Li nalgum lugar que era normal. *Criança é assim*, dizia o artigo, *Faz parte dum aprendizado*. Mas parece que os meus nasceram com essa única incumbência. Impressionante. Faltava algo se não coiceassem, beliscassem ou vertessem sangue um do outro. Depois se abraçavam. Beijavam. Mas no instante seguinte já se ouvia o *Ai-Ai!* Com eles rolando ao chão feito bola de sebo. Impulsionados pelo mero costume do vai ou racha. Dando a nítida impressão de que seguiriam brigando. Sempre. E assim foi.

— Ei! Você me empurrou.

— Empurrei, nada. Quem mandou ser cabeçuda.

— Empurra de novo *quieu* te mordo!

— Pirralha ridícula!

— Ô, manhêeeeee*!*

E lá vamos nós de novo...

49. O CAOS

Enfim. Férias na minha família é ver a vida passar diante dos olhos. Bem de pertinho. Com cem por cento de chance de que algo dê muito errado. Questão de tempo. Só esperar.

Pois vencida a fase crônica que é o avião, vem a aguda, que é o hotel. Onde a confusão é generalizada, a começar pelo *lobby*. E dali, direto ao quarto. Cedo ou tarde, alguém vai me procurar trazendo em mãos uma maçaneta, ou prateleira, ou luminária (possivelmente, tudo junto), como quem diz, inconformado, *Quebrou, viu? Sei lá porque essas porcarias têm sempre de quebrar com a gente...*

Não satisfeitos, começavam os desencontros. Bastava sair à rua ou subir dois lances duma escadinha furreca que lá vinham eles, numa lamúria interminável, *Museu de novo?, Me carrega que não quero andar, Tô com fome, Disso não gosto, Isso não quero, Tá longe ainda?, Ele pegou meu brinquedo, Peguei coisíssimaninhuma, Pegou sim, Me carregaaaaaa!*

Vontade de gritar até. E torcer. Ao invés disso, eu metia pra dentro um sublingual e convencia o povo a cooperar e a persistir mais um pouquinho. Afinal, sabe-se lá quando voltaríamos a ter coragem de sair de casa e encarar outra presepada besta dessas.

Na rua, toureava o bando como dava. Enquanto dava. Tentando manter a unidade da tropa e o humor elevado. O que confesso, não era missão nada fácil. Tanto que miavam, gemiam, e aporrinhavam. Como se paciência de mãe não tivesse limites. Mas, tem. E é curtinho assim ó. No fim, raro o dia que não acabava numa espinafrada geral e certeira:

— *Pro hotel, todo mundo! Dormir. Cabô passeio, cabô tudo. E não quero um pio. Ou vai ter chumbo. DO GROSSO!*

Geralmente, sossegavam. Feito cachorro sem dono. Melhor assim. Que a essa hora, o problema era outro. Muito mais sério. Diria até, estrutural. Afinal, somos cinco. Mais sacolinhas, mochilas, filmadora, balão de hélio do Hulk, fralda suja numa mão e carrinho que não dobrava nem quebrando na outra. *Tá.* E como fazer pra transportar o time todo? Pra mim, até taioba servia, desde que não ficasse ninguém pra trás. *Então, é isso, pessoal! Quero ver o sorrisão...*

Isso... ou andar. E três mil novecentos e oitenta e quatro passos era passo pra caramba. Sendo assim, esperamos. Perfilados. Por mais de meia hora. Até o resgate chegar.

Daí de volta ao hotel. E ao quarto entulhado de gente e coisa. Onde o Zé, trocando a roupa boa pelo pijama, comentava, *Num disse? Duas semanas de* férias e ainda *estamos todos vivos, com quase tudo inteiro e meio que no lugar. Não é fantástico?*

Não sei você, mas a mim, parecia incrível. Um milagre monstruoso.

50. COME-CAGA

E por falar em viagem, é impressionante como a sequência funciona: vão comer e vão cagar. É bíblico. Lucas. Ou Mateus. Agora não lembro. Mas é só procurar que a gente acha. Não tem erro. O problema começa quando um deles grita, *Manhêeeeee!*, aí, um abraço, colega. É a *Comlurb* entrando em cena, faxinando a Sapucaí.

Na rua é ainda pior. Se o restaurante tiver um banheiro estiloso, *cabou-se* o mundo. Assentos sanitários protegidos por aqueles plastiquinhos que correm sozinhos, então, melhor desistir e pedir *quentinha*. Caso contrário, *vais* mofar ali, vendo criança acenar ao sensor até o *troscolho engastelar.*

O engraçado é que eles comem. Na verdade, *rapam o prato* sozinhos. Todos eles. Pais. Avós. Filhos. Até as tias por consideração. Só a mãe que não. Pior de tudo é que nem assim emagreço. *Como o metabolismo feminino pode ser tão cruel, né?*

Feito aquela noite em Pari, quando cansada de comer resto gelado de filho, decidi: hoje vou jantar. E comida de gente fina. Montada num prato só pra mim. Fui às lágrimas ao imaginar...

...é bola em campo, e lá vai a mãe: *tenta uma colherada com o braço esquerdo. Não deuu! No rebote, ela insiste. Olha o gol. Gol, onde? Se o mais velho pediu e não levou. Começa tudo de novo. Na zaga. Ela corta, assopra, cabeceia. Serve pão pra um, macarrão pro outro e no terceiro entucha o frango goela abaixo, mas foi pêêênaltiii. E o bandeirinha marca, torcida brasileira! Como cospe longe esse bebê. Barbaridade. Conferindo o placar: crianças, três;* mãe *com fome, zero. Legal, legal, legal. A galera se anima. Chegou na linha de fundo, dominou o prato no peito, numa saidinha de canhota, ela lança o seu pedido. A galera na geral se agita e a mãe segue firme na marcação. Garçom na mira. Dribla um, dois, e o prato vem chegando.* É engolir e correr *pro abraço. Uma bocada histórica. E o juiz apita. É garfada em jogo, garotinha. Ela monta a colherada, aproxima a boca dentro da grande área eeeee...Pra fooooraaaaaa!...*

E pode cansar de espernear. Peitar o juiz, xingar o capeta, apelar pros reis-santos, que *esse bocado, madeimoselle*, melhor esquecer, viu? Que vai esfriar. Aí vão servir a sobremesa. Pedir a conta. E mandar alguém atrás de você no banheiro pra perguntar, *Ué?* Não vem, *não?*

Quem sabe na próxima. Talvez na Copa de 2050. *Até lá....*

51. A CONTUSÃO

Sabe aquelas semanas onde tudo acontece? Então. Durante uns dias, estive praticamente à beira do suicídio. Com duas entregas de obra simultâneas. Uma grande. E outra que só deu pepino. Batendo recordes de encheçao de saco. Um atrás do outro.

Pra ajudar, o Júnior pegou virose, a Mafê numa maratona de testes pro Municipal e o Pedroca de recuperação. Ah. Ainda teve mais essa: choveu a semana inteira e o Zé na Bahia. *Afff...*

Pra piorar, a Elis saiu de férias. Dito isso, sobrou a essa besta-quadrada que vos fala se transmutar em mula-atômica e trabalhar dia e noite a todo vapor, enquanto cuidava das crianças entre uma encrenca e outra. E a tomar pelo entulhado da agenda, melhor pôr as barbas de molho, que a semana não seria sopa, não.

De cara, surgiu logo a primeira intercorrência.

Acontece que recebi uma ligação do colégio em que o Pedroca estudava. Queriam *bater um papo* comigo.

— Justo hoje, é? Entendo... — precisava ganhar tempo. — É que estava saindo pruma vistoria e de lá ainda tenho que levar o Ninho ao Pediatra, daí... — nem deixaram eu continuar. Tinha que ser naquela mesma tarde. Impreterivelmente. *Vigi...*

Bacana. Questão de sincronizar: canteiro de *obras-pediatra-aula de ballet.* Não parecia tão difícil. Então voei pra casa e catei babá, bebê, sacolas e a Mafê. Tudo isso pra comparecer esbaforida à reunião a qual a coordenadora convocou. E de início, houve um branco. Ninguém falou, nem piscou. Bem que eu tinha adivinhado, *teretetê* em escola não é prenúncio de coisa boa. Nunca foi. E disso eu sabia como ninguém, *Que será que esse moleque aprontou, agora, deusducéu...*

O preparador técnico da equipe de handebol também veio sentar-se à mesa. E foi ele quem começou. Cheio de dedos.

— Olha, dona Gabriela, pedi para que entrassem em contato com a senhora mais cedo, mas parece que nossas funcionárias tiveram alguma dificuldade em contatar seus telefones...

Jesus-Maria-José, gelei, *Meu filho morreu,* e fui mais longe, imaginando fuzileiros navais em formação diante dum caixão recoberto com a bandeira nacional, enquanto navios da armada se revezavam nas salvas de tiros. Ecoando.

— Foi durante um treino de defesa, bláblábláblá, no que deveria ser uma movimentação rotineira entre os pivôs, bláblábláblá...

Mais uma palavra desse homem e eu desmontava. Literalmente. A cabeça nem aprumava mais, insistindo em pender ora pra cá, ora para lá. E a Mafê sentada em frente, tão pouco ajudava, gesticulando pra mim o tempo todo, *Tô morrendo de fome! E aí? Vambora?...*

Até que o raio do homem desencantou.

— O Pedro foi derrubado — murmurou, pesaroso, antes de acrescentar — e luxou o dedo indicador...

Hein?

Pasmei. *Juro.* O rosto ardia, tornado num rosa-rubro-interessante, enquanto eu sublimava pelos alvéolos e pelas orelhas.

— Mas não se preocupe, mãe. Ele já foi medicado. Prontamente.

Não sabia se socava o arauto infeliz ou se subia de raiva pelas paredes. Na dúvida, catei tudo que era tralha minha, mais bebê, babá, Mafê e singrei porta afora. Ventando pimenta. Não sem antes advertir.

— O caso é o seguinte: lá em casa somos cinco. Mas na prática, quatro. Tem sempre um de molho no *PS*. Se não mordeu, foi mordido, tá ralado, sangrando, decepou meia bunda ou são os cornos quebrados...

Entreolharam-se. Vez da coordenadora contextualizar.

— Poderia ter inchado, não fosse o gelo que colocamos...

O dedo tá lá, certo? Três falanges? Mão esquer*da, ainda por cima. Ah, qualé?!*

— Isso quer dizer que... — ela insistiu. E eu expliquei.

— Sem sangue, sem reunião. E filetinho não conta, ouviu? Tem que jorrar pra valer a pena — sorri. Tentando parecer natural. Ou minimamente como as outras.

Devo ter causado um efeito e tanto. Pelo jeito que me olhavam. Aterrorizados.

— De resto, recadinho na agenda resolve. Combinado?

Silêncio ainda.

De fundo só a Mafê, falando junto comigo, *Manhê... Cocô... Agora!*

Shiuuuu. Já vai, filhota...

— Se demorar, faço nas calças. Bobeia pra ver só. Bobeia...

Saí debaixo de chuva. De lá pro escritório, pediatra, obra, supermercado. Mas antes, *pitstop* pra Mafê esvaziar. Com a coordenadora no encalço. Que ainda insistiu, à porta do carro:

— Fique tranquila, viu? A equipe da enfermaria já cuidou do dedo e fez todo o possível pra amenizar qualquer incômodo.

— Dedo? Que dedo? — perguntei, passando o Júnior pra tal dona segurar, enquanto desengastalhava os cintos, *Põe pra cá. Puxa. Dobra. Encaixa e... Putz. Escapou de novo...*

— Do Pedro – insistiu ela. O dedo. Luxado.

— *Ah. Tá.*

— Bom ser assim, né?

Assim, como? Bonita? Magra? Elegante?

— Resolvida. Desapegada.

Preferia bonita. Magra. Elegante.

— Fosse outra mãe e ainda estaríamos lá dentro. Começando a conversar.

Nem pisquei pra responder.

— O dia em que o Pedro chegar em casa maneta, faltando um olho ou orelha, aí sim: começamos a conversar. Até lá...

É o meu temperamento. Fazer o quê. Dinheiro, que é bom, na minha conta ninguém bota. Sendo assim, fui embora me coçar.

52. ALÔ, PAI?

Tem condição um negócio desses? É dizer, *Alô*, e alguém pergunta, É pra *mim?*, daí seguem perturbando e batendo o pé, *Passa o telefone, mãe. Deixa que eu falo...*

O incrível disso tudo é que, em tese, o celular é meu. Ao menos tá lá meu nome na conta. Porém, parece difícil aceitar a existência dum interlocutor interessado em conversar comigo, É *a vovó? Passa! A Elis? Também. Tio, tia, primo, vendedor de carnezinho? Anda, mãe. Dá logo esse telefone...*, e não tem quem dobre essas crianças.

— É o papai, *num* é? Se for, quero falar com ele...

— É, filha. Seu pai, sim. E estamos no meio duma..

Já era. Tomaram da minha mão.

— Paiê, tá na farmácia? Quero um *Trident* de abacaxi. Compra pra mim?

Devolve esse aparelho, menina! Que coisa...

Sei que o pai precisou de alguns segundos para reprogramar, antes de responder:

— *Trident*? E desde quando você masca chicletes, Maria Fernanda? Deixe eu falar com a sua mãe.

Virou de costas pra mim, a petulante. Não só isso, como respondeu:

— Sinto muito. Ela está ocupada.

Eu tô o quê???

— Credo, pai. Que custa?

— Vou ver o que eu posso fazer

Homens, bah! Uns frouxos. A tomar pelo Zé: sempre fazendo os gostos da menina. E com tempo de sobra pra negociar.

— De abacaxi não tem. Serve halls?

— Claro que não, né? Tem açúcar – mãos na cintura, numa sem-vergonhice peculiar.

— Tá. Tá. Algo mais? Pergunte a sua mãe.

Claro que não perguntou, mas foi pedindo.

— Fluoxetina. Duas caixinhas com cinquenta.

Tá doida, Maria Fernanda? Que remédio é esse?, tentei, sobressaltada. Como se alguém ainda me escutasse.

Enquanto isso, o Zé catava as unidades pedidas e tocava direto ao caixa. Os dois dependurados, um de cada lado da linha. Até que caiu a ficha do sujeito. Lembrando de perguntar:

— Maria Fernanda, veja com a sua mãe: pra que esse remédio?

Preciso dizer que ela seguiu me ignorando? Aposto que não.

— É pro Tucho, pai.

— Quem *raios* é Bucho ?

— Tucho! – replicou, com a paciência típica dos gênios quando falam aos pobres, acéfalos e descoordenados. — Meu gato. É pros nervos.

— E desde quando a gente tem gato? Aliás, *cadê* a sua mãe?

— Mas, pai...

— Sua mãe!

Agora que entornou, voltou a ligação pra mim. Claro.

— Fala — resmunguei. Com a outra chorando a minha orelha e o Pedro *na maior fusquinha*, azucrinando a irmã em apuros, *Se fudeu-deu-deu. Se fudeu-de-re-de-deu...*

— Gabi? — era o Zé, atravancando a fila no guichê, que atrás dele só crescia. — Sabe quanto custa esse troço? Cento e cinquenta reais cada caixinha.

— Uhuhmmm — mal conseguia raciocinar com a Mafê pranteando ao cangote, *Tadinho do Tucho, mãe: perdido, na chuva, lanhado, com fome. O que queriam que eu fizesse, hein? Que chutasse pra rua? Pra morrer sozinho? Perdido... na chuva... lanhado...*

— Compra o remédio pro bicho. *Pelamordideus...* — devolvi, atordoada.

— A esse preço? Nem pensar. Peraí que vou falar com a moça — voltando-se à atendente. — Tem genérico? Talvez ache algo baratinho que substitua. Lê a bula aí... — dava pra ouvir o som do povo acumulado no entorno. — Mas isso é remédio pra depressão, Gabriela! Onde já se viu? Gato com transtorno psicológico? Só lá em casa, mesmo...

A turma do fundão parecia concordar, *Dá Rivotril pro bicho, Diazepam, Racumim, É pra hoje ou tá difícil?...*

Acontece que saiu da loja, ou foi expulso. Não se atreveu depois a nos contar. Fato é que chegou em casa com uma bisnaga considerável de camomila em pasta. Como ele pretendia aplicar aquilo no felino eu não fazia a menor ideia. Mas, de qualquer forma, melhor estar bem longe antes da terapia holística começar.

Esse Zé...

53. FINO DA FOSSA

Aniversário de namoro. Eu não só tinha esquecido, como era a própria polaroide da tristeza lavada em água raz. Num desânimo da moléstia e doida pra me deitar cedinho.

— Então? Que quer fazer? — era o Zé, com disposição acima da curva para o dia e para o horário.

Dei de ombros. Ele insistiu.

— Um passeio romântico. Que tal, hein?

— Ah, sim. Claro. Esqueceu que temos filhos? – retruquei, brocha de tudo.

— Isso não será problema. Eu ajudo a olhar. Prometo. E o lugar você escolhe.

Sendo assim, passamos às alternativas. Que não eram muitas,

admito (incrível como nosso mundo míngua quando temos filhos pra criar).

Cinema? Nem em sonho. Já que não param um minuto. *Restaurante?* Só com monitor, segurança e ambulância na porta. *Casa de amigos?* Talvez. Desde que também tenham crianças e trancas nas portas, redes nas janelas e móveis abaulados.

— Tá ruço — rendeu-se ele. Ressurgindo na sequência, numa epifania das boas. — Já sei. Buffet infantil. Não tem erro.

No fundo a ideia era boa. Pense comigo: tem música, mesa pra dois e quem olhe as crianças de graça. Topei na hora.

— Sabe de alguma festinha pra hoje? — perguntou ouriçado.

Quanto a isso não se preocupe. Três agendas, compadre. *Tudo pode acontecer...*

E toca a gente a procurar.

54. UM ESPETÁCULO DE MENINO

Outro dia comum. Com mais uma entrega de obra pela frente.

Acontece que esse tipo de coisa nunca é simples. Nem fácil. E vira e mexe, entorna. Tem sempre algum detalhe que acaba fugindo ao controle. É de praxe. Mas *aquela* bateu todos recordes. O motivo já te conto.

Começou, assim: comigo. Estacionada à porta da cliente, que saiu de casa fugida. Ao menos, parecia. Despedindo-se do filho nos degraus que davam na rua. Quem via jurava que partia de férias compulsórias. Trinta dias na Libéria, no mínimo. E podendo prorrogar.

Insistindo com sua funcionária, *Olho nele, hein?*, que diga-se de passagem, tratava-se de um baita dum trabuco espichado de rapagão. A quem enfaticamente orientou, *E você, ligue, ok? A qualquer hora. Pra qualquer coisa. Mamãe não demora, tá, tesouro?*

Taí. Já vi o quadro antes: *portrait dum coração escangalhado.* Artista desconhecido, em crise aguda de profundo desespero existencial. E numa culpa de dar gosto.

Quanto a mim, fui solidária.

— Não se preocupe. Ele vai ficar bem.

— Sei lá. Nunca deixei sozinho. Primeira vez. Acho que deu pra perceber, né?

Sem cliente, necas de aprovação. Sendo assim, tratei de colocar a fulana de volta em seu lugar.

— Relaxe. Já voltamos — quando vi, aconselhava. — Faz mal nenhum deixar que se virem um pouco. Ou nunca vão crescer. E ainda te põem doida. Escreva o que estou lhe dizendo...

— Imagine — teimou a outra. — Conheço meu filho. Esse aí morre, mas não incomoda ninguém. Menino centrado. Resolvido. Uma benção que nem sei...

Mas eu, sei. Tanto que o celular tocou. Virada a esquina.

— Falando nele — depois não diga que não avisei.

E ela atendeu.

— Oi, coração. Volto cedo, sim. É. Já-já. Agora, sossegue. E vá fazer lição. Olha lá, hein? Já conversamos sobre isso — repassando a lista inteira. — Não quero saber de *tevê* ligada, videogame, nem música alta. E nada de ficar petiscando fora de hora, porque depois você não almoça — até que desligaram. Ao final, ainda queria que eu confirmasse, *É, ou não, é um pastelzinho?*

Tentei. Mas antes que eu abrisse a boca, desculpou-se, tornando a atender.

— Oi, querido. Claro que pode brincar no amiguinho. Assim que acabar as tarefas, ok? Beijo-queijo...

Demorou nada e o aparelho vibrava de novo.

— Mas o que foi que eu disse a você? Primeiro os exercícios. Todinhos. Meia lição é meia lição. E quem mandou abreviar? Bem feito! Vai ter que refazer. Como assim, por quê? Porque eu disse e pronto. Não discuta comigo!...

Enfim, chegamos. Com o pessoal da elétrica e hidráulica todo na porta esperando. Lembro que desci do carro espinafrando.

— Não falei pra vocês que queria a fiação toda passada e os pontos novos funcionando? Vamos ver o que fizeram. Por onde começamos? Sala. Quartos. Cozinha...

Mas só ouvi a voz da própria que, pegando o telefone, respondeu, *Um momentinho, por favor, tenho que atender meu filho...*

— Fala. Mas é claro que a Francisca não pode *multiplicar* por você! Porque a lição é sua, *oras bolas!* — azedando de vez. — Passa pra ela. Anda, moleque. Eu não tenho a vida inteira...

Mais um tanto disso, daquilo e finalmente desligaram. Pra em seguida, ele ligar de novo. E de novo.

— *Maçã?* Tem acento, sim — replicou empanzinada, querendo um refresco. Mas isso, o sujeitinho não dava. — Fruta. Isso. Vai por mim. Verdura é outra coisa. Hein? *Chuchu?* Chuchu, não. Nem verdura, nem fruta. Porque, não, ué! Legume, isso mesmo. Escreve com *CH*. Dois. Claro que tenho certeza. *Se ligar pro seu pai, apanha!...*

Então, lembrou da gente. Ao lado. Esperando. E bem que tentou voltar à vaca fria.

— Aquela luz é dicroica, né? Ótimo. Prefiro assim. Aqui vai um quadro que eu... *Mais um instantinho só, tá?...* — uma mão no quadril enquanto a outra esvoaçava. — TÔ VOL-TAN-DO! NÃO DÁ PRA ESPERAR CHEGAR EM CASA, NÃO? — numa vontade doida de sentar o aparelho contra a parede, como quem diz, *Putaquiopariu, viu???*

Mordi os lábios. Coçando como estava em fazer uso do clássico e merecido, *Eu disse. Não disse? Juro que te disse...*, aí lembrei que bons clientes não dão em árvores e me aquietei. Também, nem se quisesse, já que o raio do pentelho trinava outra vez.

— Que foi, agora? – baixou a cabeça, meneando. — Óbvio que pode ir ao banheiro. Sem foto, pelamor de Deus!

Enquanto isso, o mestre de obras foi se achegando.

— Ô, dona Gabi, desculpa, viu? É que tô precisando liberar o pessoal...

— *Esquenta, não* — catei a moça por onde pude e saí arrastando. Mostrando tudo a ela. Agora, se viu, já são outros quinhentos...

— *Mas que história de furúnculo é essa?...*Filmou e fez o quê? *Pela madrugada...* Mas nem que a vaca tussa, bonitão! Pode tratar de vestir seu uniforme, porque vai pra escola, sim senhor. Nem que seja na marra, está me ouvindo? *Paciência tem limite...*

E repassou o aparelho pra mim. *Justo quem.* E ainda disse.

— Tome. Assuma — e foi fumar. Maço e meio pra ver se desopilava.

Preciso nem dizer que logo tocava novamente. Nem me dei ao trabalho de checar quem era. Desliguei. Simples assim. Aí foi sopa.

E sobrou tempo para revisar e aprovar a casa toda.

— Ué? Sossegou, foi?- perguntou a moça. — Quem diria...

— Falei pra você que eles se viram – acrescentei só de farra.

— Pois é — *ainda fez fusquinha* — *Num disse que meu menino era um espetáculo? Tão maduro...*

E você achando que a esquisita era *eu*, né? Sabe nada, inocente...

55. TERCEIRINHO

Bom é falar do filho dos outros. Problema é quando os nossos começam a bater biela. E nesse quesito, os meus eram *hors concours.*

Quer ver só? *Seguraí...*

Quem acompanhou de pertinho a fase de ciúmes da Maria Fernanda não me deixa mentir sozinha. Lembro quando o Júnior era pequeno. Quase dois anos. A menina começou a comportar-se estranhamente. Inconformada com a perda inegável de seu trono prum borra-fraldas sem dentes. Inclusive, deu pra fazer xixi na cama, tudo de novo. E eu reclamei ao pediatra. Que rebateu de pronto.

— Isso é normal. Não vejo nada de errado.

— No berço do outro? — insisti.

— Ah. Bom. *Aí...* — já assinando a guia de encaminhamento ao psiquiatra.

Teve também aquela vez que resgatei meu bebê de cima duma mesa de cozinha, besuntado em óleo de canola e azul de metileno, enquanto o Pedroca finalizava alguns dos seus últimos experimentos.

— Posso saber o *quié* que está acontecendo aqui?

— Ué, mãe? Tô estudando. Ciências. *Num viu, não?*

— Com seu irmãozinho?

— Ninguém mais topou.

— Mas o Ninho é só um neném!

— *Beleza* — bufou o moleque contrariado. — Dou um pirulito a ele, assim que a gente terminar. Prometo.

— Pedro Henrique!

— Tá. Dois — e assinalou. — Como é difícil a vida nessa casa... *Taí.* Terceirinho sofre, meu amigo. E como sofre.

56. AULA DE CULINÁRIA

Sábado. Fim de tarde. Comigo ali, economizando as ideias. Tostão a tostão. Desesperada atrás de uma solução minimamente interessante praquele novo projeto de fachada. E nada. Até que a Mafê encostou. Toda orgulhosa. Lambendo os beicinhos.

— Manhê, sabia que tive aula de culinária essa semana na escola?

— *Hein?...* Que ótimo. Por que não experimentamos contar ao seu pai?

Afinal, era esse o combinado. Depois do almoço, ele e a Tonha ficariam com as crianças pra que eu e a Tata pudéssemos trabalhar.

— Já tentei. Acontece que ele *tá* vendo o jogo. Aí, né...

Fervi. Catei a menina e fui lá. Tirar satisfação.

— Zé? Diz uma coisa, amore: *cê* acredita em Deus? E em reencarnação, acredita? Tomara que sim, *porque vou te matar...*

— Tá acabando, *Gabiroba*. Olha só. Vinte e cinco do segundo tempo. *Caramba. Quebra essa, vai...*

Quebrar? Não. Só desliguei. E levei o controle comigo.

— Pô, Gabi! *Qualé? Tá* maluca?

— Tem TV na copa. Se quer tanto, assista lá, enquanto cozinha com a sua filha. Que tal?

Diante das parcas escolhas que tinha, topou. E, no começo, até deu certo. Mais aí o Santos marcou mais um. Bem quando deram impedimento. E o Zé abandonou o posto, deixando a menina sozinha. Numa mesa repleta de ovos e farinha. Por dois minutinhos, se muito. Afinal, *o que poderia dar errado,* não é mesmo?

Sei que os ovos, bateu. Até bem direitinho, não fossem as cascas. Depois acrescentou as frutas. Também, com casca. Mais cabo. Folhas. Farinha. Fermento. Leite. Azeite. Catchup. Molho de pimenta. Essência de baunilha. Um tantinho de cebola roxa. Alho. Coca-Cola. E mexeu.

Lisinho é que não ficou. Nem cheiroso. E o Zé percebeu. Mas àquela altura, fazer o quê? Confessar o descuido com a menina estava fora de cogitação. Sendo assim, ligou o forno e assou.

Chegada a hora do sacrifício, o arrependimento bateu.

— Nossa que lindo. Dá até pena de cortar. Melhor guardar assim. Pra posteridade. *Né, filha?*

— Na-não — ela meneou. Papai tinha que provar. Daí que ficou esperando. Mais feliz impossível.

— Tá — ele garfou o primeiro pedaço. E abriu a boca, onde o garfo não entrou.

— Jura?

A resposta foi um retumbante *Simmmmmm.*

Respirou fundo, antes de sugerir.

— Podemos rezar primeiro?

Ela adorou a ideia. Sentada ao lado dele, de mãozinha postas.

— Papai do céu – ele puxava e ela repetia. — Proteja o sistema digestivo do papai. Boca. Esôfago. Estômago. Fígado — e teve dúvidas. — Será que o fígado entra? Se entrar, põe também o intestino, o pâncreas e o botãozinho de saída. Amém.

E comeu, e cuspiu, e danou a limpar, e raspar a língua muitas e muitas vezes.

— Mas que porcaria! Que droga de coisa ruim é essa que... — viu a carinha dela desmanchando. — Porcaria? Quem falou em porcaria? Estava me referindo a esse pedacinho queimado aqui. Mas só essa pontinhazinha de nada, viu? Que o resto está simplesmente MA-RA-VI-LHO-SO! Uma delícia. Muito melhor que as gororobas que sua mãe insiste em fazer...

— Então, come – retrucou a pequena, brava *quinem* dragão.

— É que o papai tá de regime, docinho...

— Come — e começou a gritar. — Manhê! Ô, manhêeeeee!!!!

— *Psiuuuuuu!!!!!* – praticamente implorou. — Pra quê dividir com a dona encrenca se eu posso papar tudo isso sozinho, não é, mesmo? Deixa a fera pra lá — metendo tudo pra dentro e engolindo como dava. Pra tornar a repetir. Com ela dançando de contente, feito um sol iluminado.

Três bocados mais e sentiu a garganta fechar. Beiços retorcidos num reflexo involuntário, enquanto os olhos franziam, as narinas ardiam, numa vontade muito forte de chorar.

— Uau. Delícia, filhota. Vou guardar o resto pra depois. *Nhamy-nhamy...*

— A gente faz mais — avisou a garota, sorriso de orelha a orelha. — Pensei numa receita nova. Com *fandangos* e calda de caramelo. Quer provar? Faço agora!

— Não! — gemeu ele. — Gula é pecado...

E retorceu. Segurando o estômago firme entre as mãos.

— Tudo bem — assentiu a pequena. — Amanhã eu faço.

— Semana que vem *tá* ótimo, anjinho.... Precisa pressa, não. *Uhmmmm... Dilíça...*

57. A IDEIA

Criança é mesmo incrível. O problema é quando dão pra ter ideias. Aí a corda rói, viu? E não tem Cristo que as faça arredar.

Lá em casa é assim. Mas naquele dia foi ainda pior. Culpa do Creontes. Um cliente novo que inventei de agradar. Acontece que o dito casou. A rigor. E fomos todos, conforme manda o figurino.

Não fossem as flores, os violinos, os bem-casados e os salamaleques todos daquele casório retumbante, minha vida não teria encrespado. Não assim do jeito que encrespou.

Sei que a Mafê, literalmente, pirou na batatinha. Por pouco não empenou as costas, tanto que virava e sacodia dum lado ao outro, esforçando-se pra estar a par de tudo. Interessadíssima. Içada pelas pontas dos pés, o cerimonial todinho.

E bastou entrar no carro pro seu rostinho assumir uma coloração nova, ansiosa. Perturbando.

— Manhê, num lembro do seu álbum.

— Que álbum, menina?

— De casamento, ué?

Olhei pro Zé. Que me olhou de volta. Enquanto ela insistia.

— Vocês são casados, não são?

Tentei enrolar, mas o Pedroca entrou de quinta, acelerando.

— Juntado com fé, casado é. Sabia, não?

— Que história é essa de *Juntado*? — estranhou a menina.

— Qual é o problema? Afinal, casa quem quer — defendeu meu moleque.

— Mentira.

— Verdade.

— Mentira!

— Verdade!

— Manhê! Olha ele!

— Zé!

— Pedro!

— Mas, manhê...

E teríamos seguido assim até a porta de casa, não fosse minha paciência ter torrado. Até o finzinho do sabugo.

— Acontece, querida, que com a mamãe e com o papai a coisa não foi bem assim.

— Assim, como?

— Desse jeito — desconversei. E o troco veio a cavalo. Sempre o Pedro.

— Num disse. Não casaram. Acredita em mim, agora? — não satisfeito, modulou. Como se contatasse a morte ou algo ainda pior: — Nãaaaaaao-ca-saaaaaa-ram...

— Manhê, olha o Pedro! Ele *tá* fazendo aquilo. De novo.

— Pedro!

— Manhê!

— Zé!

— Pedro!

— *Mas, manhê...*

Até que o Ninho chorou. E motivos não lhe faltavam. Juro. Às vezes, até eu tinha vontade de engrossar o coro. Então, respirava fundo e repetia até cansar, *Calma!* É fase. *Vai passar...*

Mas não passou. Dias. Meses. E a história do *tal de matrimônio* ainda rendia. Com a neguinha pressionando, aos brados de, *Vamos ou não vamos?* É só casar, mãe. Que mal que tem?

No mais, tudo era menor. Escola, amigos, dever de casa. A perturbada da menina não tinha outro assunto. Só esse. Então, seguia. Feito sarna.

— E aí? Como é que a gente fica?

— Assim. Ué. *Não tá bom, não?* – mantive firme meu posicionamento. Enquanto o Pedro, sorria de lado. Achando a maior graça em tudo. O Descarado.

— *Vigi, paiê. Cês vão ter que casar.* Depois de burro-velho!

Engasguei.

— Eu aprendi no catecismo — ela se revoltou. — Primeiro os pais se casam. Depois os filhos nascem. E vocês fizeram tudo errado, ouviu? Tudo errado!

— Tuuuuuu-do erraaaaaaa-do... — era o Pedro. Falando com *as vozes. Traveiz.*

— Manhê, olha o Pedro!

— Zé!

— Pedro!

— Mas, manhê...

E o Ninho chorou. *Quer saber?* Ainda bem. Salva pelo gongo.

— Chega dessa conversa, ok? Vão achar o que fazer. *Chora, não,* meu lindinho. Chora, não...

— Somos filhos do pecado. Já pensou nisso?

— Pedro! De onde tirou isso, menino? – enfezei.

—Ele tá certo, mãe – convenceu-se a bobinha. — Por isso tirei cinco em matemática e caí de fuça no sapateado. Culpa do SEU pecado!

Ah, não. Menos, criança. Bem menos...

— Peraí, mocinha. Não *tá* vendo que foi longe demais?

— Não tô vendo nada — respondeu a malcriada.

— Eu desenho pra você. Quer? — completou o outro, doido por uns sopapos.

— Pai, você não ama a mamãe? — ela apelou. Justo ao Zé. O bananão que qualquer um dobra. E de olhos vendados.

— Sim, meu doce. Acontece que...

— Por que a gente não casa?

A gente?! *Tô falando...*

Ainda hoje me pergunto como deixei a coisa ir tão longe. Fato, é que deixei. E a encrenca cresceu, dobrou, esticou, não parou por ali e nem nos dias sequentes. Verdade é que alongou bem mais do que deveria. E assim foi. Até o dia em que atordoada, eu disse: sim.

Mas isso não seria nada, perto do que estava por vir. E foi terrível. Com direito a tudo que não queria: bolo de três andares, camafeu de nozes, violinos, padre, chuva de arroz e vestidos.

E o que era pra ser apenas uma confirmação íntima e discreta, logo tomou ares de quermesse na rocinha. Afinal, se casório a dois já é enrosco, imagine a cinco. Virou casamento coletivo. E cada qual que cuidasse dos seus interesses. O Pedroca, por exemplo, ficou encarregado da banda. Tanto que entrei com *Megadeth* e saí de *Motörhead. Conhece?* Eu, não conhecia. Até aquele dia, quando fui devidamente apresentada. Pois bem, ruim de todo, nem foi. Minha mãe que estranhou um bocado. Minha sogra, pobrezinha, nem se fale. Quase enfartou. Fazer o quê. Difícil agradar todo mundo...

A Mafê ficou com os doces. Flores. Lustres. Enfim. Sentada a minha frente, cruzava e descruzava as perninhas enquanto folheava catálogos imensos que incluíam não só lembrancinhas, como arranjos, velas e o que mais fizesse parte desse mundo rocoquético das superproduções. A *bicha* só não casou efetivamente em meu lugar porque não tinha idade. E calhou do noivo ser seu pai. *Se fosse outro, a briga tinha sido dura, viu? Pode apostar.*

Teve a Elis, também. Que ajudou com os figurinos. Se bem que a Elis é a Elis. E não está provado em canto nenhum que ela, realmente, ajude alguém em alguma coisa efetiva. Mesmo assim...

E o Zé. Bom. O Zé cuidou do Zé. O que, em se tratando de Zé, era coisa até demais.

Ah, esse Zé...

58. VESTIDO DE NOIVA

Falou em casamento, pensou em François Bertrand. Esse era o cara. Principalmente se o assunto fosse vestido de noiva.

Se quer saber, nem ligo. Não dou a mínima. Mas acontece que a Elis cismou, grudada à ideia que nem pobre na cruz. E acabou que fui levada na marra. Aquartelada numa viela arborizada, muito fina e repleta de casarões imperiais.

Descemos do carro. Com a Elis colada ao meu rabo e empurrando *maison* adentro.

— Tá doida, é? — zanguei à meia-voz. — Tenho conta na Suíça, não, lesada! Por que não aproveitamos e fugimos antes que nos deem aventais e mandem polir a prataria...

— De maneira alguma! Se é pra fazer, faremos direito. Num nasci pra madrinha de noiva rampeira, não. *Entendeu?*

Tive nem tempo prum rebote, pois vieram atender.

— Bonjour — foi tudo que o fulano disse, seguido de um biquinho afrescalhado.

Fantástico, O diacho da bicha não falava a minha língua, *Que mais eu poderia querer?...*

Tá vendo só no que deu sua ideia de jerico? Vambora. Tô no carro esperando, urdi entredentes, enquanto acenava de esgueio pro *gringo-fancy-poderoso.*

Que nada, xácomigo, retrucou a descompassada, assumindo o centro da cena.

— Como vai, *quéridon? Tré chiquê* seu *chatô*, viu?

— Mercy, madame – até aí, tudo bem. A menina azulou foi quando o cicrano sugeriu: — Asseyez-vous, s'il vous plaît.

Xi.... Que foi que ele disse?, vez dela cochichar, sambando meio que de banda.

E eu é que sei, Elis-Maria-José? (suspiro). Tu me mete em cada rolo....

Foi assim que afundamos de mansinho numa *chaise* maior que minha cama. Enquanto os asseclas do *mounsieur-organdi* ciscavam em torno, servindo mexilhões, taças cheias de champanhe e quitutes de *mignon*.

Catei a Elis pelos cotovelos e fui logo avisando, *Num aceita nada! Pelamordideus... Quero nem ver o tamanho dessa conta...*

— Tá de brincadeira, né? Olha só esses brioches... É de que, mesmo, moço? *Hummmm* — lotando a boca e a bolsa, enquanto bicava duma tulipa que lhe ofereciam.

— Um brinde aos noivos! — rasgou-se a sócia-comadre. — Tem empadinha, tem? Se for fresquinha, eu quero. Sem azeitona, por favor.

Até que o sujeito, numa gesticulação exagerada, resolveu-se pela objetividade.

— *Pois non, mon cherry. Como possô ajudar, oui?*

— Aêee, Gabi! O moço entende a gente — comemorou a sonsa, num golão digno de fazer bigode. — Daqui pra frente é entre o *Sr.*

Bateau Mouche e eu, ok? — retomando toda animada. — Então, *Freddy*, essa noivinha aqui precisa muito dum vestido espetaculoso seu. Dá pra resolver?

— *Une petite mariée! Quelle beauté, mon Dieu* – gemeu o outro, sapateando miudinho.

— *Zatamente* — confirmou a doida, tornando a encher o caneco. — Vá em frente, meu querido. Faça a sua mágica acontecer...

Sei que o homem mal estalou os dedos e foi o suficiente, com nego correndo e pulando pra tudo que era lado. Quando vi, estava socada num éclai*r-longo-folhado* com tantas camadas que não deu nem jeito *pra* contar. Aí fui calçada, amarrada pelo meio e tive os cabelos e olhos repuxados num piparote ardido. No lugar da cereja, um véu sem fim. Onde encalacrei, é obvio. Inúmeras vezes, inclusive.

Na sequência, trombetas. Daí violão. Depois, harpa. E piano. Por fim, um coral entoando Ave Marias. E a Elis no repique, se acabando de chorar. Faltava mais nada. Ainda assim, acharam como aferrar um terço entre meus dedos e na grinalda de flores, pérolas. Branca, casta, santa e virginal, como toda boa *Madalena Arrependida Mãe De Três* sabe ser.

E lembrei que tinha uma vida pra tocar.

— Quanto custa isso ?

O preço veio, numa travessinha de prata, servido com a informação de que ainda poderia crescer muito, ou muito-muito-muito, dependendo dos tecidos, babados, frufrus, bordados...

— *QUEQUEISSO, VIRGISANTA ????*

— Calma, Gabi — acudiu a Elis, copo em mãos. — Toma um golinho. Toma...

— É piada, né ? Só pode. Dá pra vestir uma ala inteirinha de baianas com isso, sabia? Ou alimentar uma aldeia no Congo. Salvar baleias no pacífico...

— Ai, *miga*, cê tá tão linda...

— Mas num tô louca! E me ajude a tirar isso. Agora!

Fingiu que não ouviu, disposta a fechar negócio.

— *Olha só, queridon, a gente adorô* seu pret-à-porter. *Acontece quitá* um poquito salgadô, *capiche?*

— *Salgadô* ? — repetiu o homem, que avermelhava.

— *Expensive. Mucha plata* — insitiu ela.

Recado entendido. Com os modelos mixurucando pra ver se algum atendia.

— O senhor tá quase lá, viu ? cansei de ouvir a Elis repetir. — Mas ainda num é isso... Nem isso... Nem aquilo... Aquilo outro tampouco... Mais simplinho ainda, talvez...

— Escuta aqui, minha filha: sua amiga está vestindo minha *suíte -bolsa-família-cochão-duro*. Menos que isso, só trajando o forro!— grunhiu o homem.

Ficamos só olhando.

— Ué ? Cadê o francês que estava aqui ? — eu quis saber.

— Se vai regatear, acabou o francês — devolveu o sujeito. — Aliás, acabou a champagne. Acabou tudo. Pode levar, Josiclei.

— Auto lá, Josiclei! — ordenou a Elis. — Nem pense nisso, meu bem — assumindo uma postura defensiva.

— Traga o liso, Josiclei — deu de ombros o senhor *Soutien*. — Aquele de *chiffon* bege.

— Branco não tem ? — adiantou-se a minha assistente pra assuntos matrimoniais.

— Branco é nobre. E nobre custa.

— Manda o bege — disse eu, convencida do argumento.

Então, vesti. O troço lembrava um saco de alho debulhado. Quem sabe ajustando um pouco aqui. Ali. Ou puxando dum lado pra segurar do outro, até daria pra seguir em frente com o assunto.

— E esse seu chalézinho aí, quanto ?

— Quero trinta mil por ele.

— E eu, a paz no mundo. O fim das muriçocas. E um jeans 38 — enquanto brigava com os cadarços do corpete. — Josiclei, acode, homem de Deus! Ajude aqui...

Quando o galego, que não era galego coisa nenhuma, pontuou :

— Ainda não acabei. Faltam os ajustes.

— Necas! Cansei.

— Ora, vamos. Perde o que se tentar?

E retomamos à ladainha, *Josiclei, sobe a saia. Encurta a manga. Tira o tulê. O véu, sai. E a tiara ? Corta, também...*

Três tossidinhas depois e o vestido já não tinha pregas, nem rendas e, de longo, ficou curto. No cabelo, dois grampos furrecas assentavam o mafua.

— Assim ? — condoeu-se minha amiga. — Sem nem um brilhinho pra contar história...

— Como, não ? Taqui ó — disse o fulano, apontando pruma lantejoula tímida, una e solitária, num deserto de cetim.

— Pelo menos esse dá pra pagar — acrescentei aliviada, com base num orçamento final.

— Essa é a parcela — disse o homem. — São nove. E está em Euro. Falta converter...

— Tem nada aí pra alugar ?

— Só vestido pra madrinha.

— Perfeito. Nunca quis casar de noiva, mesmo.

— A gente troca — gritou uma Elis bem pouco sóbria. — Você entra com o meu irmão e eu caso com o seu marido.

— Você já é casada, Elis. Esqueceu ?

— Ah, é...

E o sujeitinho completou:

— Pra madrinha tenho em roxo, verde, azul e mostarda.

— Azul clarinho ? — quis saber.

— Petróleo.

Dei de louca.

— Esqueça! Vou de *short*-saia. Tenho um lindo. Se perder uns onze quilos vai servir que é uma beleza — catei a bolsa esquecida sobre a mesa e a dignidade esparramada pelo chão, e ventei pra longe. A Elis logo atrás. Garrafa sob o braço e sinalizando pra que eu fosse mais devagar.

Sei que liguei o motor e partimos. Quando ela comentou.

— François Bertrand. Taí. Gostei do cara... Se chamar no *face*, será que me adiciona?

Provavelmente, viu? *Provavelmente...*

59. MINHA CARA

E assim, aconteceu. O primeiro *marriage-pool-party* do Campo Belo. Com direito à *churras*, *trailer* de caipirinha, *buffet* de sorvetes e farta distribuição de plumas e anéis pisca-piscantes. Acertou quem apostou num festival multicolorido bem à moda dos Venâncio Machado: pés descalços a granel e cem por cento à la v*onté*. Não é que queira me gabar, não, mas a festança estava linda. E eu, também, viu? A Mafê, mais ainda. As duas, tal e qual. Noiva e noivinha. A propósito, nada de *short*-saia. No lugar, um perolado bem cintado, rodadinho à altura dos joelhos. E que grudou todo ao corpo quando pulamos na piscina. Ao som de *We Will Rock You*. Enquanto uma redonda lua de São Jorge decorava tudo. Felicidade tamanho família. Bem a minha cara. Muito-muito eu.

60. REMATRÍCULA

No dia seguinte, tudo voltou ao normal. Sem tirar, nem pôr. E nos dias seguintes ao seguinte, também. Até que mais um ano se foi e outro, novinho em folha, veio tomar seu lugar.

E início de ano é canseira. Com livro pra encapar e matrícula por fazer.

— Está indo pro quinto ano, é isso? — perguntou a atendente, sem me olhar.

— Isso. Quinto.

— Tá...

— Não! *Peraí* — e comecei a contar nos dedos. — Acho que é quarto... terceiro não é. Bom. Acho que não. *Tenho quase certeza...*

— Sei — consegui que me olhasse. Feio.

— Estou entre o quarto e o terceiro — e tive uma ideia daquelas. — Sua filha tem quantos anos?

— Quinze.

— E está em que ano?

— Primeiro. Supletivo.

— Ah. Tá. Esquece a sua filha...

Pensei, pensei, mas nada vinha.

— Gente, que dúvida! Onde é que eu checo isso?

— Tem na agenda.

— Que agenda?

Sei que a dona primeiro cruzou os braços. Depois, respondeu, com a paciência racionada à meia fração. — Aquela. Foi diariamente pra sua casa, na mochila da sua filha, pelo ano inteiro que passou...

Atrevida, hein? Taí. Cheguei junto. E acho que impressionei.

— MochilaSSSS? Pois tenho trêSSS. E uma cheia de cocôSSS. Agora, me diga: qual você abriria diariamente? *Hein?*

— Deixa que eu puxo no sistema.

Melhor assim...

61. MERDA!

Sabe aqueles papos de mãe pra filho que temos enquanto dirigimos? Então. Eu e a Mafê estávamos em meio a um *pseudocolóquio-nada-nada-amigável*, quando inventei de acrescentar:

— Pois sim, mocinha. Se é que ainda posso chamá-la de mocinha...

— Mas, mãe...

— Mãe uma ova! Sabe quantas meninas são chamadas à diretoria por conta de palavreado em desacordo com a idade? Palavrão não é vírgula, Maria Fernanda. E estou *Tiririca da Silva* com você! Pode apostar sua mesada nisso.

— Minha mesada?

— *Era* sua. Agora é minha. E pretendo gastá-la como EU quiser. Pelos próximos três meses. Ou até que comece a falar como uma *lady*.

— E como isso seria?

— Pra começar, uma *lady* pede licença. Diz *obrigada, por favor* e sabe usar bem os pronomes. Além disso, não chama a avó de *véia*, não *dá rolê*, nem *desce a porrada* nos irmãozinhos...

Inconformada, saiu em defesa própria.

— Não precisa ficar tão brava assim. Foi só um palavrãozinho à toa. Juro. Quando vi, já tinha saído...

— Nem quero saber.

— Não é justo! O papai vendo jogo faz pior. E ainda por cima grita. Pela janela!

— Justo é Deus. Sou só a sua mãe. E com seu pai, eu me acerto depois.

— Então é isso? Não pode e ponto final?

— Perfeitamente.

— Sacanagem, viu? — emburrou ela. — E se der muita vontade?

— Morda a língua. Ou improvise.

— Tipo...

— Tipo... *Caca. Meleca. Cocozinho. Nhaca de batata. Macacos me mordam. Putzgrila.* Mande a tonga da mironga, mas não perca a pose, compreendeu? Você não tem nem dez anos, minha filha...

— Com onze, pode?

— Não.

— Doze?

— Não.

— Treze? Quinze? Dezesseis!

Travei os dentes e virei bruscamente a direção, a tempo de desviar, numa fina, dum carro parado em fila tripla. Tava atravancando meio mundo e a fulana ainda me fez sinal. Dedo anular em riste e chacoalhando, *Cuméquié?!*

— Mas que MERDA, hein, dona Maria?! Vá pra PUTA QUE TE PAR.. — *ops!*

Primeiro, o climão. Depois o manjado, *Atáaaaaaaaaaa!*

— Lindo, mãe: quer dizer que você pode, né?

— Como assim?

— Você disse.

— Não. Não disse.

— Disse, sim.

— Não disse, nada. E ainda que tivesse dito, o que importa é muito menos o signo em si, que a propositura dialética do seu significado!

Oie??? Pois é. Nem me pergunte. Também não entendi meia palavra do que disse. E não faço a mínima ideia de como funcionou. Mas funcionou. Graças a Deus. Ou estaria frita. Melhor. FODIDA E MAL PAGA, se me permite o uso correto da expressão...

62. A CRISE – A ORIGEM

De vuco-vuco em bafafá, as crianças cresciam. E quanto maiores, pior. Se deixasse, seriam capazes de mastigar um ao outro pela vida inteira. Leia-se aqui Mafê e Pedroca. Já que *currupicho saído das fraldas* não toma partido. Ainda bem. Afinal, dois a gente ainda leva. Mas três já configura gangue. Formação de quadrilha, tipificada no artigo 288 do código brasileiro.

Como naquele dia em que a Mafê entrou esbaforida cozinha adentro. Olhos vermelhos e soluçando.

— Mãe, o Pedro quebrou a minha boneca. Mais uma!

Ele, sem mover os olhos da tevê, mandou de volta:

— *Me esquece*, garota. *Tô* jogando...

Até aí, era verdade. Dava nem pra discordar. Havia mais de quatro dias que mal se notava a presença do menino. E isso acontecia sempre que ganhava um *game* novo. E aquele era inominável. Cuspindo tiro e tripa pra tudo que era lado e o moleque esverdejando, sem banheiro, sem comida, sem dormir, na recusa em largar daquele console por um segundo que fosse.

— Mas, mãe — recomeçou a pequena.

— *Tô* quieto aqui. Nem vem que não tem — devolveu o outro, de joystick em mãos, matando e pontuando. E não seriam as chorumelas duma fedelha crica e manhosa que o iriam desconcentrar.

— Viu só, Maria Fernanda? Dessa vez não foi ele. Agora, vá brincar, vá, tesouro... — dito isso, dei o caso por encerrado, concluindo, assim, os serviços da primeira corte. *Apelações só amanhã bem cedo, mocinha. E o senhor, tire já esses pés enormes de cima do meu sofá golfado...*

Voltando ao meu segundo posto. O de lava pratos. *Como criança suja louça, né, gente? Barbaridade...*

Deixe eu contar: era noite de visitas em casa e a Elis vinha com uma cunhada. Mais marido e filho. E eu nem começara meu famoso bolo de carne. Acontece que adoro receber, mas detesto cozinhar. Por isso, apelo sempre às receitas de família. Quanto mais *facinhas*, melhor. Feitas no liquidificador, então, me fazem dançar sem parar. Mas, se caso alguém perguntasse, dizia que me tomou uma tarde inteira. Preparando, sovando, recheando. *Que foi? E perder a chance de me gabar? Tá de brincadeira, né? ...*

Daí fui separando um pouco de cada: ovos, carne moída, creme de cebola. Dava até pra antever a povarada toda retorcendo de contentamento à minha mesa.

— Mas, mãe, foi ele. Tenho certeza. Foi, sim.

— Ainda nisso? Troque o disco, minha filha — num indisfarçável, *Vá ver se estou na esquina...*

— Mamãe. Dá pudim — era o meu eterno *saquinho-sem-fundo-e-faminto* se juntando ao fuzuê na copa. *Viram só que gracinha? Falava tudo. Principalmente se fosse suculento, adocicado e desse pra fazer na brasa ou cobrir com chantilly.*

Acontece que a Mafê ainda sapateava. E eu, que não estava nem um pouco a fim de esticar aquela história, achei por bem encerrar o turno ali mesmo.

— Diga uma coisa, princesa: já fez sua lição? Ótimo! Pois faça de novo. Assim você nunca mais esquece. Aproveitando, já que vai pro seu quarto, senta o Júnior no cadeirão e liga o iPad, *fazendunfavôzinho...* — só sei que a menina bufou. Estrilou. Ensaiou um contra-argumento qualquer, mas desistiu quando viu que eu não ouvia. Nem ligava. Então, ajeitou o irmãozinho e saiu. Cascando fundo.

A guria estava uma pimenta. No duro. O que mais queria era socar o cretino do irmão até fazer farofa. Mas, na impossibilidade de qualquer ação concreta e efetiva, estancou diante dele. Impassível.

— FOI VOCÊ.

Sua voz, se pudesse ser engarrafada, seria ódio puro. O outro, por sua vez, sem desviar os olhos da tela um centímetro que fosse, advertiu entre dentes, *Se entrar no meu quarto de novo... Já sabe...* — numa alusão inequívoca à sua intenção de guilhotinar outras tantas das minhas *netas vinílicas*, caso a pirralha insistisse em perturbar.

Acho que foi bem aí que o sangue da garota talhou.

A pessoinha ainda tentou recorrer. Justo a mim. Ô dó. Essa *mater justus* que vos fala. Não por acaso, incorporada numa *Masterchef* de carreira e que aproveitava do ensejo para sacolejar o esqueleto numa versão a capela de *Hoje tem festa no gueto/Pode vir/Pode chegar...* Crente que Ivete fosse. Ali. Trepada na despensa. Atrás dum restinho de páprica ou tomilho. Sem os quais o sabor do prato jamais seria o mesmo.

É assim, né, *mãe?*, choramingou a minha *do meio*, secando os olhinhos nas costas das mãos, enquanto o irmão sorria se sentindo o próprio *Conan*. Jogava e sorria. Fermentando ainda mais a raiva da menina e o direito de cobrar bem caro pelo seu ressarcimento.

Assim, deslizou. Pé ante pé. Até a entrada do maldito dormitório. O qual invadiu. Sem rangidos, nem nada que entregasse lá embaixo o que ela aprontava lá em cima. Deslizando sorrateira entre pilhas de roupa e tralhas soltas pelo chão.

Foi direto ao ponto. Pegando pra si uma caixinha hexagonal de vidro, onde moravam duas salamandras. Escolheu a mais nutrida, óbvio. Uma escura e de olhos melecados. Tinha até nome. *Homer*. Enquanto a menorzinha atendia por *Lisa*.

Só não contava com o nó nas tripas, nem com a moleza imediata na boca do estômago que o simples contato com aquela pele fria podia causar. Tanto que travou. Por alguns segundos, nem respirar direito respirou. Mas não se deixou esmorecer. Raiva é tudo de bom, quando o assunto é autocontrole. Sendo assim, aferrolhou de vez o bicho feio entre os dedos, minorando a ânsia e o asco que sentia do coro sebento. *Eca!* E combinou, *Vou te* pôr no bolso. Mas tem que ficar *quietinho, promete?*, escorregando *o troço* pra dentro dum compartimento interno do vestido.

Hora de dar o troco, pensou. Mas dedurar parecia pouco. Um dia de castigo. Dois, com sorte. *Muito pouco*, deliberou ela, enquanto descia as escadas. Disfarçando o mais possível. Faltava cruzar a cozinha, depois a sala e daí chegar a...

Ops...Vem alguém aí...

E era eu. Que ainda vocalizava, *Avisou/Avisou/Que vai rolar a festa...*

Saco!, praguejou a pestinha, encolhida num canto de pia. Detalhe: ela não tinha *pronde* correr. E eu cheguei de vez. E pra ficar. Só imaginando a cara de passada da Elis ao provar meu *gateau* de carne, *Gente! Eu sou tãoooooo boa em tudo que faço. Ulalá!*

E o sossego, comentei? Filho um, na sala. Neurônios eclodindo e derretendo, mas não largava o XBOX por nada. Filha dois, depressiva e cabisbaixa jogada nalgum canto inofensivo da casa *(mãe é tonta, né? Como é que pode, deusducéu...).* Filho três-oitavos, limpando catota do nariz num tapetinho de centro. Se quer saber, nem ligo. *Desde que não coma, tá tudo sob controle...*

Ninguém pra incomodar num raio superior a uma braçada. Ou seja: melhor não desdenhar das almas previdentes e tratar logo de bater o tal do bolo duma vez.

Foi o que fiz. Botei tudo liquidificador e liguei. Quer dizer, tudo não. Quase. Já que esqueci dos ovos. E também do leite. *Credo! Onde ando com a cabeça?...*, melhor voltar pros meus croquis e propostas de edificação. Porque como cozinheira sou, realmente, a melhor arquiteta de todas.

Acontece que, vira e mexe, os ovos eu achei. Dois. Do lado de fora da tigela. Mas faltava o leite. *Putz!* Deve ter ficado no carro. Foi o tempo de catar o tampinha pelo cós das calças e sair arrastando.

— Vamos, vamos, vamos. Mamãe tem um jantar pra terminar...

Até quinfim... Minha vez!, adiantou-se a Mafê, reassumindo seu papel de anjo decaído. Que recuou dois passos, conferindo o perímetro, antes de correr até a mesa. Até que aconteceu o inevitável. Com o bicho subindo vestido acima. Rastejando dum lado ao outro, rente ao forro de algodão, *Ai, que nojo!*, gritou a pestinha, que precisou catar a lagartixa às pressas e despejar *a coisa feia* fora. Mas, onde? Nem ela sabia. *Talvez... aqui?...não... ali?... também, não... muito perto do fogo... muito perto do açúcar... imagina se esse bicho entra num...*

Mas seu tempo acabou.

— Olha quem veio ajudar! *Apareceu-a-Margarida/Olê-olê-olá...* (ó eu cantando de novo, *cruzes!*)

E bandeei pro lado da menina, sem saber que minha *inestimável ternurinha* mantinha uma salamandra refém num punho cerrado e muito bem escondido atrás das costas.

—Credo, filha. Que cara é essa? Não pode ser tão ruim assim passar um tempinho com a sua mamãe querida, né? — inocente por natureza, ainda incentivei: — Ande. Pegue o medidor e dê um pulo aqui. Pra ajudar.

Mas ela nao se movia. Branca que nem clara em neve.

— Que foi? Já vi tudo: perdeu meu medidor, né? Mas será possível que não posso deixar a cozinha sozinha nem por um minuto?...

— Dá pudim – *de novo, Ninho? Eita*, pancinha insaciável. Hora de reprogramar. — *Cê* é magro de ruim, porqueira.

E lá fui eu acudir. *Como come esse menino, minha nossa!...*

Era a chance que a pestinha esperava pra se ver livre do calango fedido. Dito isso, foi sambando meio de lado, até que desovou a *coisa-feia* no primeiro copo alto que calhou de tatear. *Ufaaaa...*

Preciso nem dizer que o copo era do meu liquidificador, né? Pois é. Pode apostar que sim.

Se serve de conforto, o diacho do batráquio pareceu gostar e muito da receita. Tanto que afundou na massa e foi-se embora. Sem querer saber de aparecer.

E agora?, indagou-se a moleca, que não viu outra saída que essa: atarraxou bem a tampa e voou. Pra longe-longe-muito-longe -ainda-mais-longe dali. Torcendo pra que ninguém desse conta do gosto *interessante* da iguaria.

Não era pra ser assim. Juro por Deus que não era!, repetia ela baixinho, tornando a repetir sem parar. Isso quando não se perguntava, *Lagartixa tá mais pra doce ou salgado, hein?*, e tremelicava toda, lembrando que logo iríamos descobrir.

63. A CRISE – A REBELIÃO

Num mundo perfeitamente justo, a cabeça e o rabo da lagartixa deveriam cair inteirinhos no prato do Pedro. Ao menos, era nisso que a menina acreditava. Mas *zicada* como era, tratou de ir pensando numa boa desculpa, algo que justificasse sua ausência em todos os jantares e almoços familiares enquanto o empadão de salamandra ainda figurasse no cardápio.

Diante disso, deixemos minha pirralha entregue a seus tormentos insolúveis e voltemos a *moá*. Minutos após ligar o *utensílio* na tomada. Do fraco ao forte. Acompanhando as bolhas que eclodiam aleatoriamente na superfície homogênea da mistura.

Voltei-me fascinada. Assistindo a massa ganhar corpo. Vida. E, de repente, uma cabeça. Seguida de quatro patas. Mais um tronco sem rabo. E em disparada morro acima. Ou até colar na tampa. À altura do meu nariz.

Resta contar que berrei muito. E a barulhada ecoou a casa inteira. Se não gritei mais, foi porque não tinha como. Nem por onde. Já que as pernas combalidas e o estômago prejudicado, também demandavam cuidados.

Queria morrer. Fugir. Mas tudo que consegui fazer foi destampar o liquidificador ligado. Espalhando massa e bicho pelo chão. Paredes. Rejuntes. Sapatos. Mesa. Forno. Fogão. Enfim. Tudo.

Claro que, a essa altura, o Júnior também chorava. E creia ou não, eu chorei junto. Mais alto ainda. Numa berraria cretina, dessas sem remédio, que vão até os céus e voltam em formato de chuva. Torrencial.

O escândalo foi tanto, que até o Pedroca veio acudir. E ficou besta. Patinando feio no melê viscoso e atropelando duas ou três cadeiras que haviam pelo caminho. Sem falar nos talheres e tigelas que voaram quando se apoiou à mesa. Lembram da travessa de pudim? Pois é. Espatifou, também. Acabando por emporcalhar o que por ventura ainda restasse ileso.

— Puta merda, mãe! Que aconteceu aqui?

Nem me mexi. Sentada de pernas abertas estava, sentada de pernas abertas fiquei.

— E por que a comida está fugindo? — descontrolou-se o menino, ao reconhecer meia criatura em disparada, de onde escorria um friso de sangue turvo.

Pensei em vomitar, (juro que pensei), mas o Júnior foi mais eficiente, de novo. Roubando a vez e a ideia. Ótimo! Ainda mais essa *preu limpar...*

— Era o Homer, mãe? Fala! — olhos embotados de dor. — Pelo amor de Deus, como pode ser tão cruel? *Me explica!*

— Eu? Tá doido, moleque? Até parece que... — quando num relance, vi passar *a cena* toda. — *Peraí.* Você conhece esse... BICHO? — sentia que envermelhava. Não me diga que isso era... SEU???!!!

Ele, entrincheirado detrás dum cadeirão, gritava de volta, transtornado. — Cozinhar salamandra, mãe? Onde já se viu?

Minha tendência imediata foi catar o *fiodazunha* aos safanões e descascar feito banana. Mas nem isso conseguia, tamanho o fim de mundo instalado em minha cozinha. E sabe o que eu fiz? Primeiro agradeci a Deus por me manter a uma distância segura, ou teria trucidado o infeliz e servido de entrada no jantar. Depois, surtei, rodando no ar uma espátula que catei sei lá de onde, enquanto histérica avisava, *Some, Pedro Henrique! Some! Porque a hora que eu te pegar, você tá MUITO encrencado, ouviu? ... MUITO, mesmo ... Nem EU sei o quanto...*

Em pé, o coração disparado, eu olhava em torno. Tomada duma úlcera terminal. Nisso experimentei uma espécie de alucinação auditiva. Girei minha cabeça trezentos e sessenta graus no estilo *poltergeist*, por conta duma risadinha sinistra. E vejam vocês com quem me deparo. Com ninguém mais, ninguém menos, que a Maria Fernanda. Refastelada numa poltrona. E justiça seja feita: adorava o que via.

Foi justo essa euforia irresponsável que a entregou. Se bem que ainda tentou improvisar uma saída pela esquerda. Tipo se recompor rapidinho. Ou mudar a cara pruma mais condizente com o figurino catástrofe. *Pena*. Não deu...

— Mafê? Precisamos conversar, querida — lancei eu, cada vez mais convencida de que não tinha parido filhos, mas duendes do mal. *Pé de pato, mangalô, três vezes...*

— Vou te matar! — gritou o irmão já no encalço da fedelha. Que fugiu, é claro. Não sem antes chutar pra longe minha mesa de centro bisotada e tirar do prumo o sofá. *Ótimo!* Não bastasse a cozinha, agora demoliam, também, a sala de estar e um tequinho do corredor.

Podia sentir a pele sob o olho ricocheteando. Trinando em código Morse. Cada vez mais rápido. Aliás, tudo em mim repuxava. Não tinha um músculo que se mantivesse apático ao salseiro familiar. É... Quem sabe um analista fosse realmente um assunto a se pautar. Mas tinha que fazer *pacote*. Parcelar em dez. E garantir os resultados. Ou um sabático a bordo dum cruzeiro cheio de regalias. O que seria ainda melhor.

Mas voltemos aos dois, que esgrimavam. Ciscando e rosnando com o Juninho ao meio, sentado numa mancha imensa do que, tomara Deus, fosse pudim de chocolate. Onde empanava bem as mãozinhas pra, então, sugá-las num prazer inenarrável. Enquanto os outros seguiam num *te-pego-que-te-agarro* sem fim.

Até que deu. E, dessa vez, bateu no talo.

64. A CRISE – FIM

Era chegada a hora duma tomada de atitude. Sumir, por exemplo.

Nada mais materno e natural que meu instinto de correr primeiro e acudir depois. Melhor que matar, estripar, ou outros tantos atos reflexos inexprimíveis que me ocorriam naquele exato instante.

Avaliando friamente minhas reais chances de êxito, algumas possibilidades foram sendo previamente descartadas. Tipo reencarnação imediata e instantânea no corpo de uma mulher rica, linda e nua *(livre de celulites, estrias e filhos. Principalmente, filhos)*, deitada numa maca de massagem sueca rescendendo a capim santo e a óleos essenciais. *Probabilidade de algo assim me acontecer:* Nenhuma. Zero. Niente. Sendo assim, passemos às próximas opções.

Islândia. Que tal? Baixos impostos, ótima vizinhança, transporte público de qualidade e onde neva dia e noite. *Será? Sei não...* Me preocupa essa minha cútis de papel de pão. Essa pelanquinha fina que me recobre e faz com que reclame de frio em plena tarde quente no verão mais carioca. *Tá*. Já era. Lembrando que ainda me restam Espanha, África do Sul, França, Itália, Turquia, Grécia e Vaticano. Já que não pedem visto. Mas pedem mala. Com roupas de frio, calor, pijaminha de perna longa, manga curta, *necessaire* de maquiagem, creme pra dia, pomada pra noite. É por essas e outras que eu odeeeeeio viajar de avião. Só de pensar, dá preguiça. E cansa. *Num cansa?*

Preciso de férias. Isso, sim. Não de milhagem. E se era para errar o alvo e sentar o pé na jaca, qualquer suíte confortável a quinhentos metros de casa já atendia. E meus olhos marejavam só de pensar nas toalhas alvas. Tenras. Limpíssimas. E na hidromassagem onde me imagino. Afundada até o pescoço. E abraçada a duas garrafas de rum. Pra beber às talagadas, deixando escorrer pelas bielas e pingando de contentamento. Pensando bem, pra quê se ater ao quarto, quando se pode sair andando *malemolentemente*, dobrar uma ou outra quina e acabar *lá*, enquartelada num bar? Como fazem aquelas mulheres em longos vermelhos. Só que menos *sexy*. Nem tão cheirosa. E com restos de massa e pudim escorrendo pelos ombros, dedos e cabelos. Ainda assim, *lá*. Cintilante sobre o balcão.

Sinalizando ao garçom outro duplo de tequila. Mais uma banda de limão. Enquanto, lambendo os beiços, eu desço o sal em mim, em ti, em todos. Benzendo o povo e conclamando aos santos. Ê*laiá!*

Um final muito pouco auspicioso, hei de concordar com você. Mesmo assim, tenho que reconhecer que a cena ainda me agrada. Mas as movimentações envolviam quilômetros. E quilômetros envolviam rodas. E rodas envolviam carros, chaves de partida e bolsas. O que significava passar pela casa destroçada e pelas...crianças...

Desisti. Sobrara, então, um último caminho. Menos racional e recomendável. Sem sombra de dúvidas, a pior alternativa de todas. Ainda assim, a minha escolha. Foi como eu vim parar *aqui*. Num lavabo. Miúdo e sufocante. Que nem tranca direito tinha. *Faz mal, não*. Freei no pé e finquei posto. Resolvida a não arredar. Nem cedo, nem tarde. E *Ai* de quem tentasse reverter a situação...

Aos diabos com a racionalidade. Estava engaiolada num cubículo minúsculo, com tempo sobrando, e, caso você ainda não saiba, trazia comigo meu celular. Após todos esses anos, acessaria meu *whatsapp* sem afobação. E mandaria carinhas e correntes a pessoas de quem nunca ouvi falar. Assistiria a uns duzentos ou trezentos vídeos transferidos e jamais baixados. Passaria do nível mil novecentos e noventa e nove do *candy crush. Quer ver eu juntar três ou mais doces numa única dedada? Espia só...*

Sem falar na localização estratégica. Dali, da privada, dava pra avistar boa parte da frente da casa e ainda, de troco, controlar quem subia ou descia a escada. Afinal, alguém teria que alimentar meus monstrinhos. E trocar a água. O jornal. Levar pra passear. Mantê-los tosados e frequentando a escola. *Afinal, têm avó e madrinha pra quê?*

Em revista ao meu novo *chatô*, descobri tanta teia no teto que até parecia renda. Pó aos quilos. Daí já viu, né? Comecei a ajeitar. Primeiro o sabonete líquido. Depois, um arranjo de canto. E as toalhinhas eu dobrei. Uma a uma. Força do hábito. *Mulher é uma merda...*

Passei uma esponja nas paredes sujas e respirei no espelho de boca aberta antes de lustrar com um beicinho da camisa. *Ficou bom, viu?* Melhor do que estava. Quando, de repente, reparei em algo que fez toda a diferença.

Silêncio.

Juro! Era coisa que aquela casa não via há tempos. Como se um buraco negro tivesse dragado tudo. Deixando no lugar um breu imenso e absoluto.

O susto foi tanto, que até a zanga passou. E o coração desembestou. Bombando pra longe a vontade de ficar escondidinha, *Quedê minhas crianças, Jesuis? Quedê?!*

Deu nem tempo de sofrer. Que antes disso já se ouvia em *offline*.

— Mãe? *Cê táí?* — na sequência, os passinhos. De tamanhos diferentes. Sim. Os três. Lado a lado e esperando.

OK. Ninguém morreu. Então eu podia voltar ao meu estado anterior de bronca eterna. Dessas que não passam fácil com denguinho, não. Afinal, eles tinham que aprender. Ou *eu* tinha. Antes que alguém convulsionasse com um pedaço de minhoca malcozida. Reboco de gesso. Cadarço de tênis. Lêndea de pomba. Sabe-se lá a porcaria que inventariam a seguir.

— Anda, mãe. Desculpa a gente — era a Mafê puxando a fila.

— Fale por você, *pateta*! — ralhou o mais velho. — Que a culpa é sua da mamãe estar trancada aí dentro — sentando um *croc* seco e duro no cocoruto da menina. Que reclamou.

— *Aiii!* Culpa sua também, *besta*. Não sou eu quem cria esses *troços* nojentos na gaveta de cuecas...

— Boa ideia: da próxima vez, uso a sua, de calcinhas!

— Experimente relar nas minhas coisas!

— São os meus bichos e eu crio onde bem entender!

— Será que não dá pra pararem nem um minuto? — fui eu. Afundada na privada até os cotovelos.

— Manhê, tá fazendo cocô? — era tudo que interessava ao Juninho. — *Pode vê?*

Que vai ver, o que, moleque! Ai, meu Deus...

— Vão os dois pros seus quartos e fiquem lá, de castigo. Por três anos. Depois conversamos. Ah! Pedro, leve o Juninho com você. E se algo acontecer ao seu irmão, vou adicionar mais trintas anos à sua pena, no mínimo, ouviu bem?

— *Qualé, mãe...*

— Chega de papo. Subam e fiquem quietinhos. Até seu pai chegar.

— Mas, manhê — insistiu a Mafê, pronta a contra-argumentar em nome da família. *Mulher é bicho difícil de dobrar, curuz!* Quer apostar quanto que os outros dois já estavam a caminho da escada?

— Que parte do *SUBA* você não entendeu, Maria Fernanda?

— Tenho aula de *jazz* em dez minutos.

— Tinha.

— Mas é ensaio geral.

— E?

— Se não for, não danço.

— E?

— A fantasia foi uma nota.

É. Foi, mesmo. Ainda tive que inteirar um tanto por fora, sem o Zé nem imaginar. Acontece que homens e roupas carérrimas de tule rosa não combinam. Coisas de outras vidas, só pode ser.

— Então, vai. O castigo fica pra depois. Mas não pense que escapou. Foi pro seu banco de horas.

Bastou pro Pedro emperrar.

— Sempre assim, né, mãe? A sua *queridinha* faz e desfaz e eu que *rodo* sozinho — e, voltando-se à irmã que fazia micagens: — Vou te quebrar a cara, garota! *Vai ver só...*

Enquanto isso, o pitoco ainda insistia:

— É cocô? É, mamãe? Pode vê?

— A mamãe não *tá* fazendo cocô, meu bem. E, Pedro, pro quarto. Agora.

— Mas, manhê — era a pentelha da Mafê. De novo. — Vou, como?

De helicóptero, minha filha! Abre bem os braços e vai girando: cloft, cloft, cloft, vrummmmmmmmmmm... Mas em vez disso, respirei e contei, Um pteranodonte, dois pteranodontes, três pteranodontes...

Até que respondi. Cordialmente.

— Ué? Andando. Uma perninha na frente da outra. Depois troca e continua. Bem fácil. E ainda emagrece...

— Tô atrasada!

— É uma quadra e meia daqui. Corre que dá tudo certo...

— Todas as meninas vão de carro. Porque eu tenho que ir a pé? — sapateando e bufando, afetada como toda boa suburbana sabe ser.

— Porque você é pobre e pobre gasta o chinelo!

Bastou pra se deixar cair ao chão enquanto alisava as polainas. Num rio de lágrimas e com um bico que dobrava a esquina. Em Denver. A nove mil duzentos e oitenta e sete quilômetros dali.

— É cocô, sim! Tá demorando. Sei *quié* cocô — preciso dizer quem falou?

— Não é cocô, meu anjinho. Agora vá com o seu irmão pro...

— É azul?

— Não. Não é azul. Nem é...

— Rosa?

— Não. Mamãe já disse que não é cocô. Ainda se fosse, com certeza, não seria rosa.

—Que cor?

— Ô, manhê — vez do Pedro.

— Você ainda taí? Não disse pra subir com o teu irmão?

— Tá. Tá. Entendi. Só quero meu *iPod*. Esqueci aí, no lavabo. Atrás do bagulhete cheiroso...

— Hein?

O *breguete* de madeirinha.

— O odorizador de ambiente. Seria isso?

— É. *Zatamente...*

— E o que o seu *iPod* estaria fazendo no lavabo, Pedro Henrique?

Enquanto a Mafê sussurrava.

— Pega leve. Ela *tá* surtada, esqueceu?

— Eu ouvi isso! — só pra lembrar que estava brava, mas ainda não estava surda.

— Que cor? — quem diz que os elefantes não esquecem, nunca teve um filho com quatro anos. A essa altura, largara da mão do irmão e viera montar acampamento. Sentado de perna de índio. Em frente à porta que segurava com o pé. *Contei que a trava estava quebrada? Pois é. Sendo assim, o ferrolho era eu.*

— Verde? — insistindo.

— Meu bem, eu já disse que não estou fazendo cocô. Mas se estivesse, seria marrom. Como o de todo mundo.

— Claro ou escuro?

— Meio a meio.

— Jura?

— Juradinho.

— *Se fosse azul, cê mostrava, né?*

— Claro.

— *Qué vê!*

— Meu cocô não é azul!!!

—*Então, porva!*

PROVA!, corrigiram os irmãos ao mesmo tempo. Que riram. E eu também. Por pouco tempo. Já que a falta de espaço e de movimentação culminou em câimbras terríveis. Sem falar que o conversê do lado de fora continuava, *Porque você tem que me levar, Porque eu quero o meu iPod, Faz um cocozinho azul, mamãe. Só um, vai. Qui custa? Pufavô...*

65. A CRISE – A REVANCHE. OU O FINAL DO FINAL, MESMO.

Barulho de chave na porta. O Zé. Finalmente. *Eita!*

Até que enfim alguém pra pôr ordem naquele cortiço: acolher minha alma cansada, preparar um bom chá de amêndoas doces, reconstruir a casa inteira e limpar a quizumba toda a tempo do jantar.

Jesus-Maria-José! Quase me esquecera da Elis e da tropa. Melhor seria se o Zé, comovido com o estado singular de destruição pós-apocalíptica no qual meu *home-sweet-home* afundara, transferisse o *rega-bofe* prum local mais aconchegante. E menos enchiqueirado. Tipo um restaurante onde crianças das cavernas não enchessem os pacovás dos homens de bem. Seria perfeito. Assim, não teria que dar banho, nem pentear. Era só despachar pra casa da avó. Ou prum reformatório do exército. Menos o Juninho, que esse é pequeno e ainda tem jeito (quem sabe, né? Afinal, coração de mãe sempre acredita). Sem falar que...

— Gabi? Que história é essa de lavabo, hein? E que baderna é essa na cozinha? Quer saber? *Dexapralá. Vocês que são brancos, que se entendam. Tô lá em cima. Fui!* — não sem antes incluir: — Olha só, antes de subir, vê se prepara um pãozinho tostado com *pastrami*. Só não esquece da rodelinha de picles antes de levar à grelha. Ah! E alguma coisa pra beber seria ótimo. Sei lá. Uma limonada suíça. Um frapê de cappuccino. *Caracas*. Eu tô sedento. O dia foi brabo pra chuchu...

Ah, é? Jura? Tadinho docê...

Pronto. Sabe a monga? Quando a besta-fera está no ápice? Arrancando os pelos do próprio *troscolho* e uivando pra lua feito doida? *Poizentão*. Era eu. Cerrei os olhos, feito foguete desgovernado lançado rumo à lua. E pode apostar que a margem era inequívoca: cem por cento de chance duma explosão estrambótica na atmosfera. (*Onde?* Rua Edson, 85. Campo Belo. São Paulo. Casa de esquina. Murada. Portão que vive mudando de cor. Sei bem porque moro lá há anos. *Não conhece? Põe* no Wase. Daí dobra, vira e corta, quando viu, *cê* chegou lá).

Do outro lado da porta, o salceiro continuava. No melô do *Porque foi ele/Porque foi ela/Porque minha lagartixa* não perdeu o rabo em vão/*Porque o mundo é muito injusto/E tudo sempre acontece comigo...*

Se continuassem assim, mais cinco minutos, não teria escolha. Só chamando a SWAT. Os bombeiros. O STF. Ou um padre exorcista beeeeeem porreta.

Suspirei. Tolice a minha acreditar que salvo conduto num lavabo resolveria minha vidinha cotidiana. Seguido de novo suspiro. Dessa vez, vindo das entranhas. Enquanto discava, disposta a desmarcar visita e jantar. Fazendo um esforço danado pra enxergar uma saída minimamente elegante praquele imbróglio grego. *E pensar que daria certo uma janta cheia de frique-frique pruma parentada tosca como a minha. Sou uma besta-quadrada, mesmo.* Não t*inha como acontecer. Nunca. Com, ou sem, iguana...*

Salamandra, corrigiu o mais velho, *Salamandra Terrestris*.

Bufei. Arfei. Cravei o punho entre os dentes.

Mais um aparte desses e juro que saía, batia nele, daí voltava. Mas, pra sorte do Pedro, o celular desandou a tocar e eu perdi o foco.

— Então, menina, vamos ter que cancelar nosso encontro, acredita? Juro que *num sei dondc* o Zé tirou essa ideia maluca de viagem. Foi. Totalmente inesperado. Cismou que precisávamos dum programinha a dois. É. Ainda estamos decidindo. Nova York. Paris. Dubai.... *Mala?* Que mala? Vou deixar pra comprar lá. *Lógico...*

Amigas como éramos, a outra nem se deu ao trabalho de dissimular.

— Anda, Gabi. Desembucha. *Tá* trancada onde?

— No lavabo.

— Há quanto tempo?

— Pelo inchaço das canelas, umas duas, três horas, no máximo.

— Já passei oito.

— No lavabo?

— Na despensa.

— *Putz!*

— *Uhum-m-m.*

Desacreditei.

— Mas teu marido é um espetáculo. E vocês têm só um filho. Praticamente um buda encarnado. Como pode?

— Pode.

— *Putz!*

— *Uhum-m-m.*

No mais, ficou fácil. Afinal, somos mulheres. O que subtende-se por: cobertura recíproca e por tempo ilimitado. E tomando a frente, ela perguntou:

— Qual o estado da casa? De um a dez...

— Quinze.

— *Tendi.* Fica fria. Tô passando a mão na Mirtes e indo praí — e a Mirtes era a Mirtes. Uma polacona misto de SUV 4x4 com Parvati, a deusa indiana dos muitos braços.

Beleza! A cavalaria estava a caminho.

— Mas, Elis... Eu nem fiz...

— Pedimos pizza.

— Tá. Pizza. Adoro — pelo menos não tem rabo. Nem pisca. Ou anda.

Desligamos. No fim das contas, parece que não fui a única. Ainda bem. Hora de voltar pro Deus me acuda. Com o Pedro no abre alas.

— Ô, mãe. Desculpa aí, vai. A gente pegou mal dessa vez. *Tô* devendo uma. Grande. Eu sei.

— Eu, também — tocou a menina, no embalo.

— E mim? – acudiu o pitoco.

Ainda assim, aguentei firme. O mais que pude. De braços cruzados. Durona, mesmo. E o menino continuou. Orelhas baixas. Voz penitente.

— Qualquer coisa *tô* na copinha. Dando um tapa na bagunça. Catando os cacos e os tocos de madeira farpada...

Quem vê pensa...

— Eu ajudo. Quem mandou aprontar, né? — completou a Mafé. Emendando num *Uiiiii* prolongado e levando o dedinho ao beiço. Adivinhe? E eu caí. Feito pata. Ób*vio*. Abrindo a porta num esbarrão.

— Cortou? *Deixeu* ver, meu amor? *Mafê? Mafê! Cadê você, princesinha?*

Onde mais, que não no carro. Aliás, os três. Sentadinhos e esperando. Com a Mafê na frente, acenando a chave em minha direção. Enquanto atrás, de foninho, o Pedro batucava freneticamente o teto do veículo. E o Junior berrava. Sem parar. E seguiria assim, até que alguém aprumasse sua cadeirinha.

Três a zero. E eles conseguiram. De novo. *Alguém tinha alguma dúvida?*

Resumindo, *simbora*. Fato é que tinha uma bailarina a bordo. E pizzas. Muitas e muitas pizzas para *mangiare*...

66. CARACAS

— Caraaaaacas! — reclamou um belo dia o Zé. *De quê? E eu que sei?*

Demorou nada e ele estava feito estrepe, coladinho rente em mim, chacoalhando boleto prum lado e apontando o dedo pro outro.

— Pode isso?

— Pode, ué. Veio impresso na cobrança, certo? Então, é trabalhar dobrado e pagar...

— Não discuto isso. A questão é que é zero demais pra idade de menos. Tem noção que nem em Oxford a mensalidade é tão alta?

— Uhum mm... — tem horas que é melhor não estender.

— *Tô* falando sério. Escolha um.

— *Hein?*

— Escolha um.

— Um, o quê?

— Filho. Que esse vai seguir carreira e virar médico.

Ótimo. O homem endoidou.

— E o outros dois? — achei pertinente perguntar. — Ficam em casa e viram do lar? É esse o plano?

— Olha que pode ser uma ideia.

Dei-lhe com a colher de pau suja e saí de perto. *Já me apetecem tão pouco essas panelas, com ele perturbando, então...*

— Pensa que estou brincando? — retomou o unha-de-fome. — Essa história de *dá-me três* tem que

acabar, ou decretamos falência antes da próxima troca de lua...

— O que nos garante ainda uns quinze dias de fartura e gastança descontrolada, se não me enganei nas contas. *O calendário tá ao lado. Olhaí...*

Deu nem bola. E convertido em teórico do economês aplicado, seguiu confabulando:

— Enquanto era virose, tudo bem. Um pega e os três ficam de cama. Mas, agora, avacalhou. É trio pro teclado, vacina, natação...

— Daí?

— Daí que nunca usei óculos, nem botina ortopédica, menos ainda aparelho. E cresci do mesmo jeito, não cresci? Forte, bonito, saudável...

— Gostei do forte e bonito.

— Até casei! E contigo. *Quer mais o que, hein? Hein?*

67. O ESTAGIÁRIO

Era bem tarde. E lá fora uma chuva de meu Deus.

Resolvi, então, ficar pelo escritório. Arqueada sobre uma montoeira de croquis mais desarranjados que eu. Alternava entre cochilando e quase dormindo, até que ele encostou na mesa. O mascote, com menos de três meses de casa.

Um belíssimo dum *geek* loiro. Que foi adiante. Aos solavancos.

Catapultando suas mãos sobre as minhas e desandando a falar inflamadamente.

Olhei bem firme pro moço, que descorou de vez. Angustiado. Cara de quem fez caquinha na sala e não vê jeito de esconder, nem de catar.

— Tá — respirou fundo. Tentou. Gaguejou. Nada saiu.

Ajeitou os óculos. Puxando minhas mãos pra ele a qualquer custo. Insistente. Chatinho, até.

— Gabi... não sei como foi acontecer... Mas...

Tornou-se grave. E eu tive vontade de rir. Mas segurei. Cheia de curiosidade.

— Acho que te amo. É isso. Falei!

— Oi?

— Estou perdidamente apaixonado por você. Há dias que não penso em outra coisa.

Difícil decupar a informação. Uma declaração dessas na minha idade é coisa rara de ouvir.

— Você... Quer dizer... Você e eu — e a gargalhada veio. Em cólicas. Conforme me ambientava à ideia.

Sei que o bichinho desconjuntou de vez, *tadinho*.

— Foi mal... desculpa...não quis ofender — tentou voltar no tempo, mas desistiu. Preferindo bater em retirada. Acertando tudo que havia pelo caminho. Pranchetas. Cadeiras. Armários.

— Ofendida? — respondi alto, secando as lágrimas. — Mas, nunca! Estou é agradecida. Mesmo.

Ai, como queria que a Elis me visse agora. Com o filhote de Clark Kent da Casa Verde derretendo de tesão pela tiazilda aqui.

Sei que o outro retomou com tudo. Tive até que recuar. Fui mudando de lugar para não ser engolida. Com casca e tudo.

— Ei, rapaz? Calma!

— Você não vai me beijar?

— Epa. Epa. Epa! Beijar está completamente fora de escopo.

— Não entendo. Você me quer ou não?

Pesei prós e contras por longos cinco segundos e, com algum pesar, expliquei que não se tratava de querência. Tinha o Zé. As crianças. A idade. E um princípio de artrite que preferi não mencionar.

— Então, tem o Zé. Lembra do Zé? Pois é. Tecnicamente, estou impossibilitada de assumir novos compromissos enquanto o contrato atual segue em voga. A não ser que se decida por esperar. O que também não aconselho, já que o avô do Zé morreu com mais de cem e a avó, de noventa e oito, segue vivinha da silva, o que te deixaria no banco um bom tempo ainda.

Eita, diacho. Empolguei. Fui abrindo o frigobar de onde tirei uma cerveja, pra mim, e um *todinho* pra ele. Que girava dum lado ao outro tentando acompanhar meu palavrório.

— Você vai superar — escorada em seu ombro largo e forte e quase meu (melhor de tudo: só não foi porque não quis. Delícia, né, gente?) Tem outras moças por aí. Nem tão ajeitadas, eu sei. Mas é questão de procurar.

Tipo e-xa-ta-men-te como eu você não vai achar,viu, belo? Mas escarafunchando, quem sabe. Desiste, não, neném.

Estava claro que não iria rolar, nem bitoca que fosse, daí se ressentiu pelo estágio e por toda a bobageira iniciada.

— E a gente... acaba... aqui?...

— Por quê? Não vem amanhã?

Ferrou! E a pilha de planilha-pau por atualizar?

— Você não vai me despedir?... Ou vai?...

— *Eu?* Não. Larga de história — mais um tranco de saideira e te dava aumento, isso, sim. — Vai pra casa dormir. Se fosse tua mãe *(o que não tenho a menor idade pra ser, vou deixar muito claro)*, colocava de castigo por chegar tarde em casa. *Então, vaza...*

Tentou sorrir. Hesitou um pouco. Depois, vencido pelo juízo, catou suas coisas e partiu. Tropicando em tudo. De novo.

— *Ai...desculpa...foi mal...eu tô bem...fui...*

Sim, não, sim, não. Parecia mais uma adolescente amolecida no próprio mormaço. Cheia de *ideias*, que nada tinham a ver com projetos ou edificações. Além disso, era tarde. E fomos embora. Eu e minhas curvas maduras e estonteantes. Pra casa. Namorar. E não me leve a mal, mas aquela noite o Zé teve trabalho, viu? *E põe trabalho nisso...*

68. UM *SNIPER* AMERICANO

Quando a vida te dá limões, você faz uma limonada. Agora, se ela te dá espinhas... aí, você vira herói de guerra. Ao menos, meu Pedroca virou. Mas deixe eu contar direitinho. Foi assim, ó:

Estava ele lá pelos seus quinze anos e uns trocados *(É, colega, o tempo passou pra ele também. Ou pensou que só a gente que envelhece?).* Sofrendo em meio a maior e mais visguenta erupção de acne que já se viu na história.

Quando me invoquei com a coisa toda e corri com o moleque ao dermatologista. O que a ele agradou bem pouco, inclusive. Menos ainda quando a doutora aplicou um *peeling*. Lixou. Poliu. Depois cobriu com máscara e um selador no reboco. *Resumo da ópera*: o coitadinho saiu do consultório pior do que entrara. Ardência pura, em cravo e osso.

Foi assim que ele deixou o consultório, transfigurado: mais inchado do que vivo. *Uma compressa gelada até que cairia bem*, concluí, parando no supermercado antes de voltar pra casa.

— Tá louca, manhê? NUNCA que eu vou descer ASSIM do carro.

Dei de ombros, *Você quem sabe...*

Detalhe: calor de quarenta e cinco graus à sombra, onde batia brisa. Agora, imagine essa fervura socada e requentada numa minivan preta. Com bancos de couro. E nenhuma frestinha pra abrandar a história. Ideal aos amantes de queijo quente no alternador, pipoca no conversor de torque ou ovos estalados à la rebimboca da parafuseta. Do contrário...

Sei que fomos. Todos. Eu, com o Júnior na cacunda. A Mafê saltitando na frente. E ele... arrastando-se *láaaaaaaa atrás.*

Mas, pensam que se encabulou? Qual nada. Resolveu dar uma volta. Isso, sim. Ainda por cima tirou onda. *Pois é...*

Fato é que acabou se achegando a uma linda menina, que escolhia frutas numa barraca de hortifrúti. A quem desafiou:

— Aposto que sei no que está pensando — murmurou o cara dura. — Como foi que um rapaz bonitão e boa praça pode acabar com o rosto assim, nesse estado de miséria... — e ele mesmo respondeu. — Cicatriz. De guerra.

— Guerra? — estranhou a ruivinha, levando em conta a idade do papudo.

— No Afeganistão — como se não bastasse o tamanho da mentira, ainda acrescentou: — Operação Ciclope. Liderando um grupo de insurgentes contra o Talibã...

Hein???

Deixei cair metade das cebolas ao chão. Criatividade desperdiçada era com ele mesmo. Mas não pensei que chegasse a tanto. Vi quando tombou a cabeça pras bandas dela, e seguiu improvisando.

— Acontece que entrei numa casa em chamas...

—Jura? – divertiu-se a gostosinha.

— Uhummm. Pra salvar dois irmãozinhos gêmeos. E seu cachorro manco. Cego. E surdo...

— Nossa — incentivava ela. Que de tonta não tinha nada. Ainda assim, mordeu a isca. Ou fez questão de aparentar isso.

Sei que o canastrão não se fechava. Nunca.

— E teria conseguido resgatar a família inteira, não fosse a gata ter ficado presa sob uns estrados de beliche incandescente...

— Não era um cachorro?

— Naquela fumaceira todo era difícil distinguir macho de fêmea...

Vergonha alheia, Deusducéu. Vergonha alheia...

Bem quando a Mafê, de saco na lua com aquela lorotaiada toda, decidiu volatizar com os planos de conquista do irmão.

— Então, maninho? Pronto pra outra limpeza de pele?

— Casa em chamas, né? — cutucou a bela.

Outro teria se envergado. Não um Venâncio. Que, como tal, não se fez de rogado: afinal, perdido, perdido e meio. E costurou.

— *Touche, mon chéri!* — trovejou o fulaninho marrento, enquanto se espalhava dengoso pra cima da moçoila. — Talvez não fosse assim uma casa, no sentido literal da coisa. Mas ardia pra valer, viu? E que a doida da médica era terrorista, isso ninguém me tira da cabeça. Só faltava alguém com dó de mim — ela riu alto e ele colou. Junto. Mais e mais. — A propósito, um cineminha dia desses não seria nada mau. Né?

Meu coração acelerou, ficou quente, *Conversa mais besta, gente. Pode isso? Larga* mão do meu mininu. É. Meu, sim, por quê? Meu. Meu. Meeeeeeeeeeeeu!

69. CAUSA E CONSEQUÊNCIA

Não sei você. Eu não vi graça nenhuma naquela lenga-lenga abestada envolvendo dois aborrescentes hormonalmente prejudicados.

Mas a moça *parece* que gostou. Tanto que devolveu.

— Sei lá. Sábado, talvez. Pode até ser...

Saliente, não? No fim da linha, o começo do fim do mundo. Já que, até hoje, a *talzinha da saia curta* ainda frequenta a minha casa. E, ao que tudo indica, o negócio vai durar (não sei se a mãe dela imagina as sem-vergonhices que *rolam* no meu sofá da sala. A mim, sobra oferecer pipoca, perguntar do tempo, enfim, empatar bem o meio de campo antes que eu vire avó fresca. *Imaginou?*).

E não desgrudam nem jogando água fria. Então, tolero. Dependendo do dia, engulo. Já que afogar não faz parte do cardápio. *Ainda*. O que até faz certo sentido, já que ninguém aguenta uma mártir de peitinhos e coxas firmes zanzando casa afora.

Sim. As mães, todas as mães, das felizes às infelizes, um dia passarão por isso. Tem jeito, não. É a vida. Ônus e bônus. Tudo junto num mesmo pacote. Aliás, *porcaria de pacote!*

70. FASES

Engraçado como tudo são fases nessa vida. O Pedro, por exemplo. Depois que se engraçou com a *dita*, não me dá mais trabalho. Dá é raiva, mesmo.

Culpa dela. Daquele diacho sem sal de candanga aguada. Convertida no epicentro da vida do meu menino.

De início, admito, fui boba. Competia abertamente. Também, pudera. O garoto virou um balão de hélio babão. Em transe. Parecia *inté* boneco de trapo nas mãos da *coisa ruim*.

Bem assim, num repente, mesmo.

Num dia, o fulano mal podia ouvir falar em banho. Noutro, virara um metrossexual rasgado. Disputava comigo a posse do secador, o corretivo pra olheiras, até minha pinça *tweezerman* carérrima com ponta de aço inoxidável e encrustada com Swarovski ele pegou (diz que esculpiu o nome dela na virilha. *Eca!!!....)* Virado numa maricona perfumada e com um péssimo gosto pra declarações.

Como se ainda não fosse suficiente, dias atrás descobriu o *Listerine*. Bastou pra que o mentolado tomasse conta do ambiente. *É pra enxaguar a boca, criatura! Não pra fincar os pés de molho. Eu, hein...*

Quanto a gente mais fala, pior fica. Parece que recalca. Então, me calo. Pra descontar mais tarde. Nos outros. No Zé, principalmente. Mas sobra pra Elis, também. Pro entregador de jornais. Fornecedores. Até pros clientes.

Outro dia, mesmo, espanei com um. Cliente bonzinho, *judiação*. Mas com um gosto sofrível para acabamentos. Sendo assim, fui fazendo à minha moda. E avisando. É Ladrilho branco liso e *pronto. Porque eu mandei pôr, ora bolas! Onde já se viu, azul com andorinhas? Era só o que faltava. Que me conste "isso" é um banheiro, não um lavabo de casa de fado no Algarve. Tenha a santa paciência...*

No final das contas, o ladrilho branco passou. Minha cólera enrustida, não. Agravou. Por conta da listinha de compras do meu impúbere *Don Juan.*

— Mãe, traz pra mim um adstringente secante pra a pele oleosa e mais dois frascos grandes de Listerine Cool Mint. Dois, não. Três. Quer saber? Cinco. Assim fico sossegado.

— Adstringente, *o quê*? E quanto ao Listerine, esqueça. Não vou comprar. Use o que tem em casa.

— Tinha. Usei. Tudinho.

— *Cuméquié?* Nem em churrascaria o consumo é tão alto. Tá comendo com farofa ou lavando a escadaria do Bonfim?

— Ah, mãe. *Qualé*?

— *Qualé* digo eu! Por mim, que chupe naftalina. Na dispensa deve ter uns saquinhos. Mas vá com calma, que têm pra durar o mês — e deixei falando sozinho.

Não entendo que tanto beijam esses meninos. Dá boqueira, sabia? *Herpes. Se não der coisa pior.* Aliás, se depender de mim, vão é passar vontade. Que nem fio dental eu compro mais.

Sei que passei o resto do dia metida no escritório. Brigando com meus desenhos, cálculos e com quem mais se aproximasse. Acabei voltando bem tarde pra casa e um pouco arrependida da maneira como havia não-lidado com a situação. No fundo, ainda achava que toda aquela consideração com a *Estrongilda* era meio exagerada, mas quando não se pode vencê-los...foi assim que me peguei a sua porta, prestes a entrar, quando ouvi:

— *Durma com os anjos, viu? Amanhã a gente se fala. Boa noite... Ué? Não vai desligar? Eu, não. De jeito nenhum. Juntos, então. Um, dois... Você não desligou. Sabia que num ia desligar. Também, te amo. Muito. Não. Eu amo mais. Eu. Eu-eu-eu-eu-eu... Tá. De novo: no um, no dois...*

Voltei no tempo. Trinta. Quarenta anos atrás. Do outro lado da linha, um primeiro namorado. E como era fácil passar horas e horas dependurada ao telefone. E se faltava assunto, coisa que geralmente não acontecia, a gente cantava, lia revista, discutia escalação de time, enfim, embromava. Cruzando e descruzando as pernas. Incapaz de deixar ir embora. E se a ligação por acaso caísse, a gente ligava de volta. Muitas e outras e várias vezes, se esforçando pra não morrer de amor nos intervalos. E como era complicado quando os pais faziam ronda. Monetarizando minuto a minuto de paixão. Marcando firme. Como da vez que fugi de casa porque fecharam o cerco. *Pode isso?...*

A *pernóstica* tem sorte do meu filho ter uma mãezona tão bacana. Dito isso, dei meia volta, vesti um casaco quente e singrei pra porta.

— Vai aonde a essa hora? — quis saber o Zé. Afinal, passava das onze.

— À farmácia. Precisa de alguma coisa?

Ele olhou o relógio. *Tem certeza?*

— Absoluta. Amanhã cedo não vou ter tempo — beijo na testa. — Já volto.

E lá fui eu. Caindo de sono. Comprar creme adstringente. Bombonas e bombonas mega-litro de enxaguante bucal. E preservativo de metro. *Que essa família já tem gente até demais...*

71. SEGREDINHOS

Sei que o namoro engrenou e meu inferno astral propelindo. Mal sabia que o pior ainda estava por vir.

E veio. No dia em que o Pedro perguntou. De bate-pronto.

— Mãe. A Gica pode dormir aqui?

Quis socá-lo na testa. Em vez disso, descorei. As mãos branquíssimas escoradas sobre o peito. Não sei de onde tirei forças, mas respondi, certa que iria morrer.

— Desde que *ela* não se importe com o meu ronco.

— Tudo bem. Do meu quarto não dá pra ouvir...

— Quem disse que vai dormir no seu quarto?

Ele surtou.

— Caramba, mãe! Minha voz já é de homem. Meus pelos são de homem. Até meu desodorante é de homem. Já passou da hora das minhas atitudes serem de homem!

— Ótimo! Vamos falar sobre emprego?

— Não. O assunto é outro: intimidade — danou-se. Que meu bucho inverteu pro lado avesso. — Tá na hora de saber que outra mulher entrou em minha vida, mãe. E que agora formamos um time.

Disposto a jogar. E jogar pra valer.

Acontece que dei perda total nas duas primeiras sílabas de intimidade. Daí em diante, meu cérebro esquizoide, somado à minha tinhosa vontade de não entender um palmo além do que queria, começou a tirar suas próprias considerações. E elas incluíam: meu bebê, *mais pseudo-nora-pernóstica-magrela-xexelenta-horrível, mais* jogar pra valer. Deu pra me acompanhar? Foi assim que a luz se fez. E eu gritei, entre aliviada e amedrontada, tudo junto, ao mesmo tempo.

— Purrinha, Pedro Henrique?

— Oi?

— Como pode ensinar a essa... essa... lambisguilda... o nosso segredinho...

— Manhê? Cê tá bem?

— Não. Num tô — eu sofria. — Nem a Mafê conhecia nosso segredinho. Nem seu pai. Ou o Ninho. Só eu e ele. E o nosso jeito de quebrar os palitinhos. Dizer que eram cinco, mesmo com a mão absolutamente vazia. Agora, acabou... Não é mais a nossa purrinha... é a purrinha da lambisguilda...

Tá certo. Fui vexamenta. Eu sei. Filho adolescente faz isso com a gente. De repente, o bom senso e a lucidez desaparecem. Em questão de segundos.

O outro, se apercebendo do meu fugaz lapso mental, ainda tentou tirar proveito da mãezinha prejudicada.

— Então... se deixar a Gica dormir aqui por uma noite que seja, juro por todos os deuses que nunca mais na minha vida jogo purrinha com alguém mais que não você...

— Jura?

Beijou o nó dos dedos e ainda apontou aos céus.

— Vou pensar — funguei. Certa de que fechava um negocião.

Preciso nem dizer que ela dormiu, né? E não foram poucas vezes.

Pois é. Chapei de fuça no velho e manjado conto do vigário. Ou da purrinha, no meu caso.

De qualquer forma, criei novas regras para a casa. Pijamas longos, por exemplo. Portas arreganhadas. E, ao menor sinal de risinhos noturnos, quero nem saber, invado e pulo em cima. Ainda levo junto um jarro de água benta. Fria de preferência.

É. Lá se foi o meu sossego. Mil vezes a fase em que engatinhavam. Metiam o dedo na tomada. O braço vivia na tipoia. A perna sempre lanhada. Dente faltando lasca. *Era tão bom... Merda!*

72. NOVO RUMO

Que cólica é a vida, né, rapaz? Basta assimilar um pouco o pé da situação pra que um revirado de história se apresente, levando embora o sono e o salvo-conduto da gente.

Eu já tinha até me acostumado à namorada, às madrugadas fora de casa, às viagens repentinas de onde ninguém me ligava. Enfim. Sobrevivi aos mais variados e traumáticos ritos de passagem da infância para adolescência. Mas, nem de longe, imaginava que a faculdade pudesse se tornar num marco tão doloroso. Isso mesmo.

Michigan. A longínquos oito mil trezentos e cinquenta e cinco quilômetros de casa.

É verdade que comemorei como se fosse na esquina. E quem não comemoraria? Caí na festa, estufada de tanto orgulho! Afinal, estava na pauta do dia. O que não estava, de jeito nenhum, eram as vinte e sete horas de voo com duas paradas. Nem o quarto vazio.

A noite do embarque foi terrível. E eu fui muito *macha*, naturalmente. Fechando mala. Conferindo papelada de matrícula. Lembrando o Pedro de tudo quanto era coisa, horário e possibilidades. Chororô se disfarça com avisos de última hora, reprimendas, reza de terço, beijocas, abraços, afagos no cabelo e acenos enquanto ele desaparecia nas lonjuras de um saguão de embarque. Aí, danou-se. Que desabei. Eu e ela. A branquinha insossa.

Sei que chorávamos praticamente no mesmo tom e ao mesmo tempo. Eu, mais. Claro. Mesmo assim, tive dó. Acabou que aninhei a coisa feia, que era até bem bonitinha, ao colo e perguntei.

— Noite dura, né? Fica assim, não. Vai pra onde? Precisa de carona?

Tentou falar, mas não deu certo. Só soluçou mais um tantinho. Moral da história, parecia um franguinho desossado. E franguinhos desossados são minha fraqueza, tanto que quis saber.

— Que tal dormir em casa? Quer?

Topou na hora.

E eu ajeitei tudinho, numa solicitude de quem passou boa parte da vida cuidando dos outros. Lá pelas tantas, montei pra gente uma mesa com mais fotos que café. E lá em cima, sobre a cama do menino, assentei cadernos, letras de música, uniformes de time a até o pijama favorito dele, que ela prontamente vestiu. E adorou.

— Então... será que eu posso dormir aqui. De novo. Amanhã?

E eu, que me considerava uma *sogra-ogro-sem-coração*, arrefeci.

— É. Não sei. Vou pensar.

— Posso até passar umas semanas. Por mim, tudo bem. Só dizer.

— Menos, filhinha — pontuei. Totalmente eu. — Bem menos, viu?

A gente dá o dedo e quando vê extraíram rim, fígado e pulmões. Bobeie pra ver. *Eu, hein...*

73. BRENNO DANNILO

Acontece que com a ida do Pedroca pro exterior, as atenções se voltaram pra Mafê. Que fazia questão de usufruir daquela reverência profundamente. A mil por hora.

E mãe entende de filha. De pisada torta de filha. Filha emburrada, então...

Sendo assim, ficou fácil constatar, pelo jeito que fincava os cascos nas portas, que a *bicha estava virada*. E que coisa boa não podia ser. Deixando-se arrastar pela casa num azedume tamanho: pracá, pralá, pracá, pralá. Sobrou até pro cachorro, *Tá olhando o que, Chuleta? Nunca viu, foi?... Saco!*

De duas, uma: coração ou intestino. Então, torci, *Tomara que seja intestino, tomara que seja intestino...*, fiz figa, benzi o peito três vezes e só depois, bati. Que não sou doida de entrar em quarto de aborrescente sem avisar (mãe moderna tem sensor, colega. Que apita quando a encrenca *tá* no ponto. E o meu chiava, viu? Como chiava. Mais que apito de chaleira).

— Mafezinha? Tudo bem, meu amor? — comecei por aí. Baixinho.

—Não vê que *tô* mal? — rosnou abafado, com a cara enfiada num travesseiro.

— Alguma coisa que você comeu, docinho?

— Comida? — gritou ela, num ódio bestial. — Estou morrendo! Não vê?

Xiiiiiii. Lascou-se. Com certeza, não era intestino...

— Mas, Mafê...

— VOCÊ não entende! Meu PAI não entende! O BRENNO DANNILO não entende...

Ah, *tá*. Abcesso localizado. E tinha nome. Composto, inclusive. Mais fácil assim. Hora de retomar

— Problemas com o coração. Acertei?

— Coração? Que coração? O meu foi arrancado. A dentadas. Com tripa e tudo...

Coração não tem tripas, Maria Fernanda, quantas vezes vou ter que lhe explicar? E as da mamãe estão começando a revirar de nervoso. Será que não dava pra pular o bololô-tecnobrega e ir direto

pra parte em que a gente afunda no sofá e se entope de sorvete até a depressão passar?...

E não havia o que a demovesse. Ou a fizesse levantar.

— Perdi a vontade de tudo, sabia? Não tenho mais forças. Nem pra ir à escola...

Alto lá!

— Por mim, fico aqui. Trancafiada pra sempre — e insistiu, convencida de que morreria de amor em questão de segundos. — Isso mesmo que você ouviu, mãe: nunca mais deixo esse quarto. Nunca! Afinal, com que cara vou viver sabendo que ele levou embora tudo que eu tinha de mais precioso: minha fé, minha juventude, minha alegria, meu coração...

Pena ter deixado a boca! Deusquimiperdoe, como fala essa menina...

Justiça se faça à minha *pessoinha*: eu estava a míseros pontos de perder por completo a esportiva. Com reunião de trabalho pro final da tarde, janta por tirar do freezer e uma pilha desumana de relatórios que nem começara a ler. Das meias de molho no quintal, nem falo nada. Ou seja, meu mundo derretia, e eu ali, sentadinha aos pés da cama. Enquanto minha filha furibunda se esvaía em paixão. *Afinal, tanto desencanto por conta de quê, gente?* Aposto cem contra um *quié* tudo culpa dum fedelho espinhento do sétimo ano. *Quer ver só? Ai, Ai, Maria Fernanda. Sabe nada, inocente...*

Nem dei *Ibope*. Fui abrindo as cortinas e repuxando as cobertas

— Trate de levantar e melhorar essa carinha. Ande. Temos que estar lindas pro Bruno Daninho...

— É BRENNO DANNILO, mãe! Com quatro *enes*...

— Tá. Tá. Que seja. Hora de se mexer. Menina bonita não mofa na cama.

— Não tenho como ESTAR aquilo que NÃO SOU...

Juro por Deus que minha mãe não passou metade disso. Devo estar pagando pelos pecados do Zé. Ou da Elis. Com certeza, da Elis. É...

— Também, de que adianta? — fungou a marrenta. — Se ELAS têm tudo que eu NÃO tenho... Se ELAS são que tudo que NÃO sou...

Vai ser um loooonga dia, assumi, resignada. *Isso que a criatura nem tem treze anos completos ainda. Afemaria...*

Vontade de sumir não faltou. Virada em pó de fada. Trucidar vinha na sequência, como segunda opção. Mas me contive. Além do mais, é fase. E fase passa. *Assim creio eu e assim sou mais feliz* (gostaram disso? É uma espécie de mantra que aprendi com uma cliente indiana. Se funciona, não sei. Mas é gostosinho ficar repetindo. Experimente aí, vai...).

A menina, porém, continuava. Contrariadíssima. E pra reverter de vez a situação, achei por bem entrar na dança.

— E essas ELAS diabólicas têm nome?

— Nome, sobrenome, bunda empinada, peitos maiores que a minha barriga e um closet cinematográfico.

— Grandes coisas. Tudo bobagem — e ensinei, cheia de autoridade: — O negócio é usar das armas que se tem...

— A que armas exatamente você está se referindo?

Durante uns trinta segundos olhei bem pra minha cria. E ela tinha razão. A situação era mesmo desanimadora: fuça inchada, nariz escorrendo, juba desgrenhada de leão do Zimbábue e, pra fechar, um aparelho de borrachinhas coloridas onde se viam restos dormidos de comida. *Cena triste, viu?* Bem triste. Fui obrigada a admitir: a guerra pelo *Justin Bieber soteropolitano* estava definitivamente perdida. Melhor começar a se interessar por algum outro. Mais simplinho e sem graça. Que o Rodrigo Santoro do Campo Belo era bola fora de jogo. Ponto final.

Então, fui sincera.

— Gás lacrimogênio pode ser um caminho, meu doce. Dedo no olho também é uma ideia. Dependendo do tamanho da menina, chute abaixo da cintura resolve bem. Rasteira. Soco direto. Carrinho por trás. Depois é só correr, viu? Mas tem que correr muito...

— Manhêeeeeee!

— Tô brincando, *coisa fofa*...

De fato, a bichinha estava sofrendo horrores a olhos vistos. Isso quer dizer que era chegada a hora de pegar no colo e contar um pouco de história. Acontece que era seu dia de sorte. E soltei o verbo. Relembrando dos primeiros amores que tive. Mostrando a ela que dor de cotovelo faz parte do negócio. Vem no *kit pé-na-bunda*. Mas não havia motivo pra que se preocupasse. Com o tempo, com o decote certo e um pouco de prática, tudo entraria nos conformes.

— Como assim? Papai não foi seu único e verdadeiro amor?

— Quem? *Seu pai?* Não me faça rir, Maria Fernanda. É claro que não! *Ahhhhhh, meus quinze anos...*

Silêncio maciço e imediato, seguido de um *Ohhhh* de indignação, ao qual não dei nem bola. E segui matraqueando.

— É que na época do Bornélius Passareli eu não tinha esse *expertise* todo...

— Bornélius, quem?

— Pas-sa-re-li.

Fechou o tempo pro meu lado.

— Posso saber por que nunca ouvi falar do *tal fulaninho* antes?

— *Cês* não conhecem, filha. Mas era um homem muito fino. Um projeto de magnata que vivia viajando: Budapeste, Chipre, Copenhagen.

— *Corta essa, mãe* — e deu de ombros. — Pensa bem: se não tivesse casado com o papai, eu não existiria, meus dois irmãos não existiriam, a vovó Anne não seria sua sogra e...

— *Corta essa você, Maria Fernanda!* Uma depressiva por vez na família já é mais que o suficiente. E voltando ao *Bruno e Marrone...*

— É Brenno Dannilo, mãe! Com quatro...

— Ok. Entendi — foi quando tive uma ideia maravilhosa. — E quem precisa de psicanálise quando abriu um shopping novo na esquina, *hein? Hein?*

Fez-se a luz no rosto aquoso da garota.

Catei as chaves e voamos, *O último a chegar é a mulher do padre...*

74. EU SOU VOCÊ AMANHÃ

Primeira parada: provador. A Mafê aferrolhada pro lado de dentro e eu fincada pro lado de fora. Aguardando o veredito.

Lembro bem que, como eu, ao longo do corredor, havia outras mulheres. E, a tomar pelo horário, postura e figurino, aposto meu dedo mindinho que eram mães. Ok. Talvez, nem todas. Mas a senhora da cabine justo ao lado, sim. Essa tenho certeza. Sei lá. Cara de cansada. De quem não vai ao cinema há décadas. Pinta de quem passava as tardes assando bolo, cerzindo cueca e postando vídeo de gatinhos. Enfim. Acompanhava uma loirinha pituca que experimentava modelitos de festa.

— E aí, meu benzinho? Gostou de algo? Tá tudo bem por aí? — resolvi acelerar.

— Tudo bem uma ova! — urrou meu *pokemon* com endometriose gastrointestinal profunda. Risco alto de supurar.

— Isso é um vestido ou um capote pra bujão?

Lá vamos nós de novo...

— Deixe a mamãe dar uma olhada...

— Pra quê?

— Experimentou o conjuntinho azul?

— E onde acha que vou vestida assim? Algum baile da terceira -idade?

— O top verde e branco, que tal? — enquanto sorria amarelo pra minha afável vizinha de corredor, *Essas crianças...*

— Tá sugerindo que eu use um TOP, é isso? Mais fácil me pôr logo pelada! Já que não tenho NADA mesmo pra esconder, nem pra mostrar...

— *Sai daí, Mafê*. Vem aqui pra mamãe ver se...

— Nunca! Jamais! — berrou ela, como se o povo no Congo tivesse algum interesse naquela nossa conversa comezinha. — Você quer que eu pareça um bucho! Isso, sim...

— Calma, *pãozinho*, vamos procurar mais um pouco e achar algo que te agrade — vontade de esganar não faltava, viu? Não fosse o olhar aterrorizado da minha vizinha de cabine que, a essa altura, já teria lhe ensinado com quantas pregas se faz um bom plissado.

Mas, pasmem: calmaria total. Até que ouvi um chorinho. Fino. Que vinha de dentro do cubículo.

— Mafê? Ô, filhinha, por Nossa Senhora do Firme Amparo, *quié* que está acontecendo?

Nada.

— Ande. Fale com a mamãe. Sai daí. Sai...

Nada ainda.

— Você é linda de qualquer jeito, florzinha. E se eu te amo, o *Brivaldo, também*, vai te amar. Esteja certa disso...

Mais um tanto de nada. Até que deu.

— Maria Fernanda Venâncio Machado! Olhe aqui sua fedelha descompensada, chispa daí agora, ouviu bem? — nenhuma resposta e eu fervendo nos tamancos. — Ande, Maria Fernanda. Cabô a graça! Não me faça entrar na marra e te catar pelas orelhas, garota...

A bronca era tanta que sobrou até pra mulher ao lado.

— E você, tá olhando o quê, hein? Que essa *tuazinha* aí, cheia de nhe-nhe-nhê logo cresce, ouviu? Aí *cê* vai ver o que é bom pra tosse. Fica tudo pareado, minha filha. Se não, pior!

E nem pra me ouvir, serviu a outra. Que catou a galeguinha e correu pra longe. Avisando meio mundo que havia uma louca à solta no provador feminino.

Sou louca, né? Esquente, não. O que é seu tá guardado. Ô, se está...

Finalmente a Mafê abriu a portinhola. Numa trégua pra respirar, mas cheia de vontade de chorar de novo.

— Chega, meu amor. Seque essa carinha e vamos passear. Mamãe te dá um *Big Mac* com fritas jumbo e toda o sorvete com caldas que conseguir tomar. Mas antes, tem que prometer nunca mais falar nesse tal *Brungildo*. Combinado?

— É Brenno Dannilo, mãe. Com quatro *enes*... (*funga, funga*).

— Eu sei, meu bem. Eu sei...

Próxima parada: praça de alimentação. E, entre uma mastigada e outra, eu ensinava. Lúdica como só uma mulher romântica e madura sabe ser, *Ninguém presta, filha. Nhac-nhac. Ninguém vale nada. Nhac-nhac. Caso sério, viu? Nhac-nhac. Caso sério...*

75. PRIORIDADES

Acontece que a saudade do Pedro era tão frequente e palpável que demorou nada e virou um ente, largadão no meu sofá de canto. Ou arrastando atrás de mim, casa afora.

E não me venha falar em Skype, FaceTime, ou WhatsApp. Ajudar, ajuda. Mas não resolve. Nem convence. Que nada como o bom e velho peteleco ao vivo e em cores. Quando só a felicidade da presença atende e põe sossego nesse peito inconformado da gente.

Eu. Justo eu. Que vivia farejando encrenca e que tanto reclamava do menino. De repente, me catei pagando a língua. *Bem feito. Toma!*

Hashtag do dia: evite fazer piada da vida, que o troco vem a cavalo. Aliás, quatrocentos cavalos, suspensão reforçada e motor turbinado.

Pior de tudo foi ter herdado a nora. Que na falta do próprio, se apegou a mim, desesperadamente. E eu cuidei. Fazer o quê.

O negócio é que a gente ainda disputava. Quem ligava mais vezes na semana. Trazia a novidade mais quente. E claro, a aposta velada mais babaca e bacana de todas: quem seria a primeirona a visitá-lo. E vai me desculpar, mas disputar com mãe, não dá, né? *Tá doida?...*

— Deixa a guria — ponderou o Zé. — Vamos depois. No Natal.

— Uma pinoia! Vá você depois. Eu, não! Que tenho cá minhas prioridades. Afinal, pari, vesti, criei e ainda pago essa fortuna de celular que eles gastam mensalmente...

— Mas ela é a namorada. E é tão boazinha...

— Jura? E eu sou a mãe. Teimosa feito uma mula atravessada. Grossa, rancorosa e vingativa. Tem certeza de que quer brigar? Posso seguir assim o dia todo (mentira, que tinha reunião de equipe na sequência. Mas isso ele não sabia).

E a demanda continuou. Com a *branquilda* perturbando e insistindo descaradamente. Mais e mais. Logo, o desfecho não foi outro.

Preciso nem dizer que fomos juntas, né? De qualquer forma, o primeiro abraço quem deu fui eu. Quis nem saber: larguei a *tangerineira* com as malas, dois carrinhos, além dumas bobagenzinhas de mão. E pernas pra que te quero. Lá fui eu aos pinotes, pendurar no cangote da MINHA cria.

— Ah, Pedroca! Que saudades, meu amor — apontando alguém que vinha bem lá longe. — Adivinhe quem sua mamãezinha maravilhosa trouxe pra te ver? *Credo. Que lerda.* Enquanto isso, vamos falar de nós...

Adiantou nada. Se grudaram numa *beijornéia* inapropriada ao horário e ao perímetro, *Ei! Tô aqui, viu?...*

Tá. Esperei. Pacientemente. Mais meio minuto. Como não desgrudaram, azar. Entrei no meio. Afinal sou mãe. E mãe tem lá suas prioridades, *Dá licença. Tô passando. Olha a mão boba. Já disse que tô passando...*

76. PELAS BARBAS DO PROFETA

De volta à terrinha e aos percalços supérfluos de todo santo dia.

Falando em rotina, custou, mas chegou. O famoso *Dia do Estudo do Meio*.

Pois é. O primeiro passeio do Ninho com a turma do fundamental. Sei que o pequeno, de tão excitado, há dias que mal dormia. Pra ser mais clara, nem ele, nem eu. E ficou fácil descobrir o motivo.

— Manhê, hoje é amanhã?

— Não, amore. Hoje é hoje. O amanhã vem depois.

— Depois de quando?

— Depois de hoje.

— Ah. Tá – cinco minutos se passaram. Talvez, seis. No máximo. — E *isso* demora?

— *Isso*, o quê?

— *Isso*. Do hoje virar amanhã — fazendo cara de tédio. *Esses adultos são tãaaaao idiotas...*

— Quase nada. É até bem rapidinho.

— Legal — emendou — e aí? Já deu?

— Deu... o quê?

— Virou amanhã? Nossa! *Nem vi.*

— Não viu, porque não virou — conversa de doido, *Eu, hein...*

— Mas vai virar, né? Você prometeu. Você disse. E se não virar? Se desistir? Se o hoje ficar para sempre e nunca mais for amanhã?

— Não vai acontecer. Confie em mim.

Sei que emburrou. E foi ciscar lá pros lados da cozinha. Deu nem tempo de eu comemorar e estava ele de volta. Ali. A toda carga.

— E agora? Foi ou não foi?

Sossega, leão! Cruzesss...

— Fala, manhê? É, ou não é, amanhã?

— Não.

— Tem certeza?

— Absoluta.

— Como, não? — agitando os braços, contrariadíssimo. — Mas eu já pisquei mais de vinte vezes. E olha que foram piscadas muito longas...

Tentei imaginar o que Aristóteles teria a dizer sobre essa nova relação tempo-movimento-pálpebras. Acontece que não fui muito longe em minhas reflexões, com o outro mosqueando em volta das minhas pernas e insistindo, *Quando? Onde? Dá pra ser ou tá difícil?...*

Custou a compreender que furdunço algum no mundo levaria os ponteiros do cuco na parede a se mexerem mais depressa. Ainda mais por conta dum *passeiozinho* de primeiro ano.

— *Droga!*, amaldiçoando ao cosmos e a si mesmo.

Poizentão. O moleque estava daquele jeito. E quando torcia a sobrancelha assim, melhor ficar longe dele, que respingava em todo o mundo, até na sombra.

Em vez disso, viu-se tão apertado que chorou. Um pranto lavado. Fingido. De atorzinho de cocheira.

— Virou? – fungou ele, perguntando pela trocentésima vez.

— Escute, anjinho. Pro hoje virar amanhã, temos primeiro que dormir. Aí, depois...

Fácil! Olhaqui..., e deitou-se. Acocorado aos pés da minha prancheta, *Menos mal, quem sabe agora eu consiga dar uma olhadinha naquele projeto dos Mello Alves...*

Sossego que deu nem pro cheiro. Com o porqueira se abrindo todo num sorriso canastrão e propondo, *Cadê a blusa da escola, hein? Aposto que tá doidinha pra me trocar...*

— Que gastura, Ninho!

Ele parecia nervoso.

— Mas eu dormi. Você viu...

— Assim não vale, filho: tem que ser na cama, de banhinho tomado e, de preferência, esticar a noite toda.

Cismou comigo.

— Só faltava essa! Cada hora uma desculpa. Quer saber? Você não entende nada de nada! Vou ligar pro meu pai.

Deu-me as costas e saiu, raspando espora, *Cumequié, moleque?*, pior de tudo é que fui atrás.

— Escuta só, mocinho: Está pensando que aqui é o cafofo da tia Joana? Em absoluto! Tem que dormir quando todo mundo dorme, e pronto. Depois da janta e depois da história. Como a gente faz todas as noites. E chega de mi-mi-mi *que eu hoje não tô boa!*

— Paiêeeeeeee! — corria pela casa toda. — Eu quero o meu paaaaaaaiiiiiiiiiii...

Ai que vontade de fazer mousse. Aeradinho...

Acontece que o pai não estava. E o menino arrefeceu. Voltando a zanzar inconvenientemente atrás de mim, na maior caradurice.

— E se eu dormisse de uniforme? Bem mais prático, pensa só. *Ah, vai, manhê.* Deixa, pô! Só hoje. *Pufavô!...*

Digamos que eu cedi. Muito a contragosto, confesso. Mas era pegar, ou largar. E com o tanto de trabalho dando cria sobre a minha mesa, preferi não estender. Passei o resto da tarde assim. Com ele na cola e contando cada segundinho. Piscada a piscada.

Enfim, a noite chegou. E verdade santa e verdadeira é que o danado não pregou o olho. Nem cochilar, cochilou. Tanto que, em plena madrugada, atrás da porta escura, lá vinha ele, pé ante pé e olhos injetados de sono.

Vagando e trombando em tudo. Experimentava maçaneta por maçaneta, subindo e descendo as escadas numa histeria constante, *Oiê. Hora de levantar, pessoal. Vambora, vambora, vambora...*

Quando percebi, marchava rente a minha cama. Escalando dum lado e descendo do outro. Se aprochegando aos pinotes e descolando minhas pálpebras sem a menor cerimônia.

— Acorda, mamãe. Todo mundo já foi. Quer que eu seja o último a chegar? Quer?...

— Vai dormir, Júnior. *Pelamordavirgisanta...*

— Mas, mãe...

— Você tem que dormir, Ninho. Ou não vai aguentar brincar com os seus coleguinhas amanhã...

— Ainda é HOJE????

Jesuisssssss...

Não sossegou, naturalmente. Pelo contrário: deu de bater cabeça dum canto ao outro. Quinhentas mil vezes. Até que aconteceu.

— Fiz xixi na cama!

Fui obrigada a escancarar de vez os olhos. E levantar. Pra trocar lençol. E pôr roupa mijada no molho. Depois no varal. E voltar pra explicar, com toda a delicadeza e denguice que *deusquiépai* um belo dia me agraciou.

— Olha aqui, peste! Ou dorme, ou dorme, entendeu? Se eu voltar a ver você antes das oito da matina, o chinelo *vaicumê*. E não tem mais *TV*, *DVD*, vídeo game, pirulito, almoço, nem janta pelas próximas CINCO DÉCADAS! *Fui clara?*

(Silêncio)

Mas bastou que me virasse pra que o peralta, coberto até as fuças, quisesse saber.

— Mamãe?

— Oi.

— Quantos dormir e acordar tem em cinco décadas?

Nem respondi. E nem precisou, porque nada se compara à cara feia duma mãe ensandecida. A tomar pelos olhinhos que fecharam de imediato. Ao menos, os dele. Que os meus, se transformaram em farol de neblina, contabilizando mais uma das minhas inúmeras madrugadas deixadas pra trás.

No fim das contas, o relógio tocou. E foi o diabo com a família toda na sua corriqueira falta de ordem (menos o Pedroca, por motivos óbvios. Ai, que saudades do meu mininu). Hora do café reforçado e tchau e *bença*, que estávamos atrasados. E muito. Como sempre.

Daí que enchi o carro e fui largando um por um pelo caminho. Restando apenas ele. O caçulinha. Que mal esperou que estacionasse e saiu direto, catando cavaco. A mala tombada, com a fuça do *Luke Skywalker* arrastando pelo chão. *Pois veja você, como é curiosa essa vida: exterminar um exército de droids e proteger a galáxia contra os poderes do mal é pinto. Quero ver passar seis meses no bolso frontal duma mochila de pivete. Isso, sim,* é bom *pra tosse. Então, se joga, colega! E que a paz esteja com você...*

77. O DIA DEPOIS DE AMANHÃ

Vai parecer estranho, mas o que mais me condoeu naquele dia, foi o jeito com que o menino foi abrindo caminho à minha frente sem sequer olhar pra trás. De relance, que fosse. E confesso que tive que *dar meus pulos* pra não perder de vista aquela *amostra bunduda de gente* que singrava em meio a um mundaréu de outros tantos pirralhos impacientes.

De repente, vasculhava freneticamente minhas memórias, como se desse pra recuar no tempo e duplicar as noites que passamos aninhados. Quando tinha medo de chuva. A mãozinha na mãozona antes de atravessar. Quando dor nenhuma no mundo era maior que um assopra-assopra seguido dum beijo. *Droga. Quer saber?* Crescer é insuportável. Principalmente quando são eles que crescem. E a gente vai pro final da fila.

Juro que foi um custo me conter. Ainda mais eu. Tão convencida dessa minha machidão toda. Caminhando descomposta por entre calçadas congestionadas de gente. Esperando a menor brecha pra puxá-lo de volta. E guardar ali, sob o quentinho da minha asa. Pelo menos até os trinta. Depois pode até casar e partir. *Afinal, quem sou eu pra me opor?*

Percebi que os ônibus começavam a lotar. Difícil ficar indiferente à trajetória do menino que corria desenfreado em direção ao resto de uma vida inteira. Feliz além da conta. E esquecido de pensar de mim.

E foi assim. Sem *tchum*, nem tchau. Como se os beijos de ontem fossem mais que o suficiente. *Se cuida, ouviu?*, acenei pra ninguém. Enquanto um filete de lágrimas incômodas teimava em atravessar meu rosto. Enfim. Hora de apelar ao velho e bom *ray ban, Quedê?* Táqui. *Nuntá. Quedê, meu Deus???*, achei de tudo naquela bolsa: flor seca, pendrive, bula de *luftal*, o mundo todinho ao vivo e em cores. Só os óculos que não. *Ótimo!* Não me bastasse a noite em claro, as olheiras, a franja que não assentava nem com cuspe e ainda eram nove e trinta de um dia que custaria um tanto a acabar.

Mais ruído de motor e de criança. Alinharam os veículos. Murchei, *Peraí! Me leve com vocês...*

Vez ou outra, um menino aparecia à janela e abanava. Muitos. Vários. Acho que todos, menos o meu. Mesmo assim, fiquei um tempo olhando. Meio que à espera de coisa nenhuma. Preocupada em dispersar o desconforto interno que sentia. Num lírico e imediato abandono. Repetindo insistentemente, Não *vou chorar.* Não vou *chorar. Merda! Num era preu chorar. Molengona!*

O mais gozado é que nunca me projetei no papel de *super-ultra-mega-blister-mãe-irada*, percebe? Nem *meio-blister-mãe*. Ou só *irada*. Talvez, nem mesmo uma *quase-pseudo-mãe-meia-sola.*

Na verdade, nunca sonhei em ter filhos. Marido. Casamento. Véu com grinalda. Mas acontece que provei de tudo um pouco. E agora que me encontro completamente acostumada, pedem que saia de cena. É isso *mesmo, produção?* Como se fosse fácil deixar de ser tudo o que fui, única e exclusivamente, durante os últimos vinte anos da minha vida. E pra virar o quê? Me diz? *Tem jeito, não.*

Grandes coisas se até hoje não sei fazer arroz. Feijão, também não. E vou avisando que sempre troquei o nome das professoras. Dificilmente chegava a tempo pras reuniões. Nunca costurei uma fantasia. Também não lembrava que às sextas era dia de lanche natural, então, mandava coca litro e salgadinhos no isopor. O que, no final das contas, importava muito pouco, já que, geralmente, eu esquecia a lancheira no carro e as mochilas em casa. Estojos? Que estojos? Os cadernos, desistia de comprar no primeiro semestre. Casacos, quimonos, patins. Enfim. Tudo que você puder pensar, eu, com certeza, um dia, já esqueci. Daí que usavam emprestado. Trocado. Furado. Errado. E no final das contas, não tinha como ser melhor. Quer dizer, se pensar bem, até dava, mas não foi, *oras bolas*. Paciência.

Se nunca perdi as crianças é porque tinham pernas fortes, vozes irritantes e eram tremendamente insistentes quando queriam algo de mim. E quase sempre, conseguiam. Assim, não me largavam. *Quinem* abelha no mel. Bons tempos aqueles...

Hora de secar a cara vermelha e apertar o passo. Mas antes que pudesse recompor minha espinafrada persona, escuto o conselho dado por uma *seilaquém* a poucos passos de distância.

— Seu primeiro, né? *Esquenta, não.* Acaba que a gente se acostuma — e emendou logo em seguida: — Vai ficar tudo bem, *boba.* Afinal, é só um estudo do meio...

— Eu sei — respondi. Mais pra mim do que pra ela. — É só um estudo do meio — e quando vi, desenrolava minha dor, num desabafo suplicante de viúva. — É só um almoço no vizinho. É só uma tarde no shopping. Uma semana na avó. Uns dias na namorada. E a gente nem percebe que foi... ficou pra trás...

Os ônibus manobraram pela última vez e seguiram viagem.

Continuei exatamente onde estava. Do jeito que estava. Falando pra ninguém.

— Tenho um filho fazendo faculdade nos Estados Unidos. Daqui a pouco *tá* formado. Passou em Antropologia. Bacana, né? Ano que vem é a vez da minha menina. A do meio. Maria Fernanda. Intercâmbio na Europa. Viaja em agosto. E, a bem da verdade, tem mais é que ir, mesmo. A gente cria pro mundo, não é isso que falam por aí? É o ciclo: chupeta ortodôntica, aparelho nos dentes e aeroporto internacional de Guarulhos. Sabiam, não? Pois é. Melhor não dar chupeta pra eles...

Riram. Parece até que gostaram da conversa.

— Fiz o melhor que pude pra que chegassem inteiros ao fatídico dia do "se-vira-sozinho". E o problema taí. No que sobra quando eles vão embora. E essa besta aqui, custou a entender que, sem eles, quando tudo assenta, o que sobra é muito pouco. É. Muito pouco...

Nem fiz conta do povo que se achegava. De mansinho. Formando uma roda imensa. Dez, vinte? Tanto faz. A solidão que se inclinara sobre mim era tamanha, tão faminta e tão desigual, que segui com minhas verdades, perigando fazer o coração capotar.

— Tenho o Zé. Eu sei. E acho que podemos voltar a namorar. Sei lá. Retomar de algum momento. Do ponto exato onde paramos. Se bem que tanta coisa mudou nesse meio tempo. E bota tempo nisso. Mas não pode ser tão difícil. *Pode?* Afinal, a gente sempre se amou tanto. Mas isso foi antes de tudo. Das encrencas. Das crianças. Dos tumultos. Das madrugadas inteiras. De uma vida todinha dedicada aos filhos e esquecida do resto — silêncio. — Eu optei por eles. Tem ideia do que isso significa? E o negócio é que me acostumei a ter eles ao pé do ouvido. Azucrinando. Todos eles. Umas pragas. Um pior que o outro. Mas quando você vira a cabeça e se apercebe que a festa acabou, aí, minha amiga, o estômago aperta. Dá vontade de fazer de novo. Nem se for pra brincar mais um tantinho. Ou ler mais uma história. Comer bolo com a mão e voltar atolada em barro e chuva depois duma pelada de rua. *Parece ruim, né?* Mas é ótimo. E voa, viu? Assim, ó: *zássssssss....* — estalando os dedos enquanto falava. — Depois, muda tudo. Hoje, tenho hora pra ligar, dia pra visitar e ainda capricho um tantão no *script* que é pra não fazer feio com a nora. Casa dela, colega. Momento deles. É isso aí, né?

Fungo fundo. Eu e mais uma penca de outras. Comadres sentidas, feito eu. De peito fendido. Oco por dentro.

Algumas nem mais disfarçam. Choram e pronto. Quem tinha bebê de colo, abraçou. Mas o carinho foi tanto que as crianças, assustadas, berravam alto. Enfim. Hecatombe emocional. *Cê tinha que ver...*

Coço o coco, enquanto aperto o passo.

Do ônibus, nem sinal. *Estão bem*, penso alto. Sempre estão. Eu é que estou velha. E mole. Um vexame de mulher, diria minha sogra. Quando um pensamento de última hora me ocorreu: *Velha é ela!*, ou resumindo, Não sei porque *num morre. Nem gripe pega, a cruizcredo. Ainda tenho que aguentar quanto? Cinco. Dez. Quinze anos? Bicha ruim*, ri, encabulada. *Que foi, gente?* Pensar pode. Feio é contar pros outros.

Então, tá. Última olhada no relógio. *Opa!* Com sorte, ainda encaixava unha e cabelo. Dependendo do trânsito, dava até pra esmaltar. Duas mãos mais brilho. *E hoje vou de vermelho.*

Não demorei nada e estava de volta ao volante. *Simbora cuidar da* cútis, *que ganho muito mais.*

Rodei seis ou sete quadras. E adivinhem: cruzo com os coletivos. Aqueles. Abarrotados de pivetes malcriados e satisfeitos. Até que nossos caminhos tornaram a se separar. *Graças a Deus, viu?* Mais três segundos e ia atrás. Juro que ia. *Loooouca...*

Olhei pelo retrovisor. Só pra checar. Ver quem é que aparecia. Em todo caso, nada de novo. Só eu. Mesma cara de ontem. Não muito velha. Não muito jovem. Dentes fortes, ancas largas e boa saúde. Dava até pra achar bonita. Foi quando sentei de vez o pé no pedal. Convencidíssima. Essa dondoca aqui, ainda rende um caldo grosso, reparou? Falando nisso, se me dão licença, tenho hora marcada. Três em ponto. *Podóloga. Massagem. Talvez até colorisse umas mechas. Que cê acha? Essas pontas medonhas estão me matando...*

Na esquina, parei num semáforo. Eu. Mais metade do Morumbi. Daí, cada qual seguiu seu rumo. Mas isso é outra história. E das boas, viu? Pena que longa. Então, fica pra próxima. Quando a gente encontrar de novo. *Tchau, hein?*

E fui-me embora. Assoviando.

Este livro foi editado em Santos
em 2018 usando fontes
Avenir e Aracne Condensed